山田　稔　自選集　Ⅱ

編集工房ノア

山田　稔自選集　II

目次

装幀　森本良成

*

富来

加能作次郎を読み返したくなって、尾崎一雄の『あの日この日』のなかに加能についいて何か大切なことが書かれていたのをふと思い出し、その箇所を探し出した。

自然主義文学の衰退がはじまった昭和初期のころ、加能作次郎は「型の崩れた焦茶色の古風にふちのついたソフトをいい加減に頭にのせ、すり切れたインバネスを片下りに、着るといふよりひつかけてゐ」た。

当時、愛人の経営する喫茶店ドメニカに同棲していた尾崎一雄は、大学卒業の謝恩会の後、店に来ていた川崎長太郎と加能作次郎を誘って神楽坂の待合に行き、一晩遊ぶ。そのとき支払った金は、大学に納めるための学費だった。そのため卒業がおくれた。

後日、その話を尾崎がドメニカで仲間に面白おかしく披露していると、店の奥の撞球台にひとりいた客がすっと出て行った。

それが加能作次郎だった。

「氏は怒ったのではなく、哀しかったのだらうと思ふ。怒られる方が、かなしまれるよりどれだけいいか判らない。」

当時四十二歳の加能作次郎がインバネスを引きずるようにして出て行った姿が、「すがれた老人」として鮮やかに尾崎の胸に残る。

私がおぼえていた「何か大切なこと」とは、このくだりだったのである。加能を読み返したくなった胸の奥底に、この「すがれた老人」の「すがれた」の一語がひそんでいたような気がした。


もう二十年ちかく前のことになるが、「日本小説を読む会」で報告の番がまわってきて、作品選びに迷っていたとき、筑摩書房版『現代日本文学全集』のなかの「加能作次郎　牧野信一　葛西善蔵　嘉村礒多」集の一巻が目にとまった。後の三人の作家はすでに会で取上げていたが、加能だけが残っていた。

加能作次郎の名前は、宇野浩二の「蒲団の中」を「蔵の中」と改題して「文章世界」に掲載して宇野を世に出した編集者としては知っていた。しかし作品はひとつも読んだことがなかった。それでも心の片隅に、何となく気になる作家としてひっかかっていたのである。

この機会に読もうと思い立ち、その巻に収められた「厄年」、「世の中へ」、「乳の匂ひ」の三篇を読み、たちまち好きになった。なかでも「乳の匂ひ」は、こんな傑作がまだ残っていたのかと、発見者のしあわせを味わった。

巻末の作家論「美しき作家」のなかで、広津和郎がこう書いていた。加能作次郎は作品の質からも、また気の弱い性格からも、いわゆる「時めく」とは正反対のものだ。その時めかないところにこそ、この作家の美質があると。

よろしい、この昔も今も時めくことのない作家に光を当ててやろう。そんな気負いをおぼえながら、私は会の報告の場に臨んだ。

「乳の匂ひ」は「世の中へ」（大正七年）のなかの一挿話をふくらませ、二十年ほど経って独立した作品に仕立てたものである。昭和十五年（一九四〇）に「中央公論」八月号に発表された。作者五十五歳、死の前年の作品である。

明治三十一年、能登の西海村から伯父を頼って京都に出て来た少年の「私」（恭三）は、中学進学の夢かなわず、四条先斗町に伯父が営む旅館で丁稚奉公をさせられる。

伯父には、乞食の子を拾って育てた信子という養女がいた。旅館の客と恋仲となり、その子を産み、近くの家で人目をさけて育てている。

三月のある寒い晩、お信さんが伯父のもとに、上海にいる愛人のところへ行く許しを乞いにやって来て、追い返される。送って出た「私」は車を探すうちに眼にごみが入り、歩けなくなる。ちょうどそのとき、乳が張って苦しくなってきたお信さんは「私」を車の待合所の椅子にかけさせ、膝のうえに跨るように乗りかかり、顔を仰向かせる。そして瞼の上に乳首を押当てる。

「さうしたお信さんの所為《しぐさ》には、到底私の拒否や抵抗を許さない、何か迫るやうな真剣なものがあつた。溺れる者を救はうとする、といふよりも、自分自身溺れんとして周章《あわ》てふためいてゐる者のやうな、一種本能的な懸命なものが感ぜられた。私はそれに圧倒されて、身動きも出来なかつた」

その間、「私」は口が乳房に吸いつきそうになるのを、両腕が腰に抱きつきそうになるのを、懸命にこらえている。

こうして、「乳汁《ち》の洗眼」によってごみは取り除かれる。

ここが作品のやまである。

二歳のときに失った母（実際は産後七、八カ月で死んだらしい）への思慕とお信さんへの思慕を重ね合わせていた十三歳の少年は、このときお信さんの乳房に母親の乳房と同時に「女」の乳房を感じていたのであり、一方、お信さんがみずから溺れそうになってあわてるのは、母性愛が男女の愛欲へ突然変ろうとするその衝動ゆえにである。


この母性と愛欲のはざまで、かろうじて踏み止まろうとする若い男女の自己抑制、その緊張感が胸をうつ。——以上が私の報告の骨子であった。

気負いすぎた報告には盲点があるものだ。私の報告にも反論が相次いだ。それはすべて女性から出た。

報告者は男女の愛欲を強調しすぎている。お信さんはそんな愛欲なんてものを感じていない。乳が張った痛みから逃れようという生理的な欲求（「そりゃあ痛いのよ」）、乳をうまく眼に入れようという緊張感、それがすべてであって、愛欲なんて少年の

「私」（および報告者）の勝手な思込みにすぎない、云々。

いや、そうともかぎらぬ、すくなくとも作者はこのように読まれることを期待していたはずだ、という私の弱々しい反論にたいし、相手の女性は勝誇ったように「第一、女はお乳が出ている間は性欲を感じないのよ」と強烈な一撃で私をよろめかせ、さらにこう続けた。「快感はあるけど、性欲とは関係ないのよ」

私は黙りこんだ。


その翌月に出た「会報」二九九号に、梶川忠の「『加能作次郎選集』のこと」という短文が載った。京都の書店の地方小出版社コーナーで、作者の生誕百年記念事業として出されたこの本を見つけた愛書家の彼は、私小説嫌いにもかかわらず、またその本の装丁、造本のセンスのわるさにもかかわらず愛書欲にまけて、二千五百円払って購入する。

この文章を読み、自分の愛する作家の、地元の人々の手による選集がこのように悪しざまに書かれているのに一種の義憤をおぼえた私は、無理だろうとは思いつつ、譲ってくれまいかと頼んでみた。すると意外なほどあっさりと（?）定価で譲ってくれたのである。

「乳の匂ひ」の報告がきっかけで梶川忠が右のエッセイを書き、それがまたきっかけとなって、『加能作次郎選集』というたぶん珍しい本を手に入れることができた。そのよろこびで、先の報告での無残な思いも薄らいだ。

『選集』は、加能作次郎生誕百年祭実行委員会編というものものしい構えである。一九八五年九月三十日発行。Ａ５判、ソフトカバー。小説十七篇と口絵写真四葉。本文二段組、三百十二ページ。

表紙カバーに描かれた夕日に染まる海と、その手前に重なる漁村の甍（鳴瀬八山・画）。作家の生地西海村、現在の富来町《とぎ》の海岸である。

右にのべたようないわば細い因縁の糸にみちびかれるようにして、やがて私ははるばるこの能登の僻地を訪ねることになる。


「乳の匂ひ」の報告をした翌年すなわち一九八八年の秋、たまたま金沢を訪れる用事のできた私は、ふと富来のことを思い出した。不精な私としては珍しく、早速、金沢在住の「よむ会」会員のＫさんに交通の便などを訊ねると、文学碑のある場所はかなり辺鄙なところらしいから、車で連れて行ってあげると言ってくれた。

能登半島の西海岸を北上した。

美しい砂丘と浜辺があった。

羽咋を過ぎ、富来の町に入り、そのはずれの西海の港からさらに坂を上った。金沢からおよそ二時間。

海を見下ろす小高い丘のうえだった。

海を背に、私の背丈より少し高いほどの文学碑と、その右側に、谷崎精二の字で「加能作次郎君略伝」と刻んだ石碑とが二つ並んで建っていた。まわりには五つの自然石を配してある。地元の有力者、旧友らの組織する富来文化懇話会による建立。昭和二十七年（一九五二）八月五日（作次郎命日）におこなわれた除幕式には青野季吉、広津和郎、宇野浩二らが参列した。

宇野浩二の「加能作次郎の生涯」によれば、その日は朝から蒸暑く、除幕式のはじまるころには俄雨が降った。そしてむかし作次郎が通った西海小学校の生徒たちが、彼が父親にかくれて作詞したという校歌を合唱した。

海原遠く西海の
岸うつ波は荒くとも
かたき巌を心にて
学びの業をはげみてん

すでに『選集』の口絵写真で知っていた本人筆跡の碑文を、まるで初めて読むように、一字一句確かめながらたどっていった。

人は誰でも
その生涯の中に
一度位自分で
自分を幸福に
思ふ時期を持つ
ものである
作次郎

これは娘の芳子（二男四女の長女）が二十で嫁ぐにあたり、色紙に書いて贈った言葉らしい。その年（昭和十四年）の「中央公論」六月号に発表された「父の生涯」から採られている。苦労の連続であった父の生涯をたどってきて、そのすぐ後の第八章の冒頭につぎのようにある。

「人間は誰でもその生涯の中に一度位、自分で自分を幸福に感ずるような時期を持つものだが、父にもそういう時期がないではなかった。それはかなり遅く、五十過ぎてからやっと訪れて来た。即ち息子が大学を卒業してから後十年程の間だった」（「父の生涯」からの引用は『選集』による）

碑文では冒頭の「人間は」が「人は」、「幸福に感ずるような時期」が「幸福に思ふ時期」となっている。

だが右のように書いたすぐ後の章を、彼はこう始める。

「併しそうした幸福も長くは続かなかった」

次男の事業の失敗などによるあらたな苦労、脳溢血、そして死。

碑のまわりは他に人影もなく静まりかえり、木立のかなた、遠く下の方から吹上げてくる海風の音のほかは何の物音も聞えなかった。その深い静寂に臆したように私たちは言葉もなくしばらく佇んだ後、富来の町へ引き返した。

さいわい、バス停のすぐ近くに小さな食堂が見つかった。

入る前に、バスの時刻を調べた。ここで私はKさんと別れ、ひとり旅をつづけることになっていた。

昼食の時間は過ぎていて、店内には他に客の姿はなかった。テレビも消されていた。静まりかえったなかで、私たちはひっそりと遅い昼食をとった。

勘定をすませた後も、バスの時間まで店にとどまった。

その間、何を話したのだろう。記憶がすっぽり脱け落ちている。

手帖に、わずかにこんな言葉が記されている。

〈富来、文学碑、父親の祈り。本人はどうだったのか〉

芳子は結婚生活のうちに一度くらい、自分を幸福に思う時期を持ちえたか。

ついに「時めく」ことのなかったこの作家にも、そのような時期が一度はあったのか。それは、十数年ぶりに出る「乳の匂ひ」をふくむ作品集の刊行を夢見つつ校正にいそしんでいたころであったか。

「併しそうした幸福も長くは続かなかった」

彼は校正を終えた直後に、クルップ性肺炎で急死する。父の没年とほぼ同じ五十六歳だった。


Kさんが腕時計を見、店の時計に目を向けた。

「あ、もう行かないと……」

うながされて立上り、荷物を手にした。

そのとき、ふと、こんな文句が口に出た。

「このまま、金沢へもどろうかな」

「だめですよ」

すかさずKさんが応じた。目は笑っているが、声にはやさしく叱るひびきがこもっていた。

「ごちそうさまでした」

Kさんは店の奥に向かって声をかけ、先に立って外へ出た。

「あ、来ましたよ。じゃお気をつけて」

「七尾」と行先を表示したバスが、ゆっくりと近づいて来るのが見えた。

（「海鳴り」18号・二〇〇六年七月）

別れの手続き

中央線千駄ケ谷の駅のフォームでOさんと落ち合ったのは、夕方の六時すぎだった。

「あれ、口ひげなんか生やして」

笑いながら顔を見ているうちに、この前京都で会ったとき、すでに口ひげがあったことを思い出した。あのときも同じことを口にしたような気がする。

退けどきの混んだ電車に乗り、車中、肝腎な話はさけて、Oさんの担当している出版物のことなどを話す。

「忙しくて。昨日だったら時間とれませんでした」

そんな忙しい人を呼び出したことに内心恐縮する。

新宿で乗りかえ高田馬場で下車。高田馬場は私にとってはじめての土地である。

外に出ると、小雨が降りはじめていた。梅雨どきにそなえて京都から持って来た傘をホテルに置いてきた愚かさをいまいましく思いながら、身を小さくしてOさんの傘に入れてもらう。

Oさんは河出書房の編集者で、私も自分の作品集のことで何度か世話になった人である。その彼から、中村昌義の妹が高田馬場で飲み屋をやっていると聞いたのは一九七六、七年のころだったか。『文芸』に発表された「静かな日」の感想をのべあったのがきっかけであったと思う。「いいね、とくにあのしのという妹が」とほめると「いいでしょう」と自慢するように彼が応じたのだった。

そのしのの経営する酒場のことを教えられたのはそのときであったか、それとも彼が単行本『静かな日』の担当ときまってからであったか。「でも、しのがあまりいいから、実物は見ない方がいいのじゃないかと思って」。それは私も同感だった。

それから数年、しののことも、彼女の経営する酒場のことも忘れていた。その間、中村昌義の小説は『文芸』にのるたびに読んでいたし、そのいくつかが芥川賞の候補に挙げられたことも知っていた。いま念のため調べてみると、それはちょうど私がフランスに滞在中のことなので、『陸橋からの眺め』の帯の宣伝文句を後日見て知ったことかもしれない。

昨年（一九八四）の夏、「日本小説を読む会」で中島香さんから、中村昌義の作品を取り上げてみようかと思うがと相談をうけたとき、私はおどろき、かつ喜んだ。それまで私の身辺で中村昌義の名を口にしたものはいなかったし、「読む会」のなかにこの作家を愛読するものがいるとは知らなかったのである。中島さんも同様だったらしく、私が中村昌義を読んでいると知ってびっくりしたという。

そのころはすでに、中村昌義の二冊の作品集はどの書店の棚からも姿を消していた。私はOさんに在庫の有無をたしかめ、十冊ほどまとめて送ってくれるようたのんだ。ついでに、最近は作品を見かけないがとたずねると、病気で入院中とのことであった。その口調から私はむずかしい病気らしいと察し、暗い気持におちいった。

こうして私は何年ぶりかで「静かな日」を読みかえすことになったのである。

この作品をめぐる討論がおこなわれたのは一九八四年十月二十日。小説の内容のあらましを、しのを中心に紹介すれば以下のとおりである。

妻を失い今は独り者の中年男「私」には、二つ年下の妹しの《ヽヽ》がいる。十八で結婚した彼女はひとり娘を先方に渡して離婚し、博多から兄を頼って上京したのだった。いまは銀座のクラブで働いている。むかし演劇をやったことがあり、また一方、謡曲をうたったりもするしのは、ときおり精神の安定を失ったりする危うさの感じられる女である。かつては一緒に住んだこともあって、「私」は日ごろからこの妹に異性としての親近感をいだいており、行き来もしている。

ある年の元日、しののアパートを訪れた「私」は、二人で近くの公園を散歩し、さらに幼少のころ住んだことのあるあたりまで足をのばす。

「ひとはけの白い雲が流れ、空は響きわたるように明るい。辛夷の花か白木蓮が咲いていて、その匂いがここに漂って来てもおかしくなかった。空気は音をよく通す乾き方で乾いていてそこにだけ冬がおだやかにあった。奇妙な音楽らしいものがときどきざわめきを断ち切って響いた。耳をすますと途端に消え、またとんでもない間をおいていきなり立ちゆらめく。やがてそれがトランペットの一吹きか二吹きだと見当がついた。音の消え方は首をしめられる家鴨だ。何処かで少年が苦闘している」

しのはどう描かれているか。

「白っぽい江戸小紋の着物に銀鼠地の帯がよく似合っている。帯には手描きで淡い色のたくさんの花が入った花籠が描かれていた。イタリアン・ブルーの帯紐に帯止がきらきら光って美しかった。(中略)襟元から肌理のこまかい首筋がほっそりとのびている。広い額は髪でかくされ、くっきりした眉がわずかにのぞいている。好奇心の強い大きな目、ひきしまった口許、高い鼻筋が通って面長な顔立ちは彫りが深い。正面からまじまじと見つめると、不器用にはにかんでまなざしが一瞬鋭くなったが、たちまちいじらしい表情に溶けてしまった」

この頁の欄外に私は鉛筆で「妹というより恋人を描写しているよう」と書き込んでいる。こうした描写は他にも何カ所かある。

「やがてバスが停った。ぼんやり出口に立つと、先に降りかかったしのの襟足が思いがけない近さで目に入った。木洩れ日の中にしのは入ってゆく。緑に染った光りのせいか項がひどくほっそりと見えた。私はふと立ち止まってしのの後姿を見つめた。しのに重なって何かの影が動いたような気がしたからだ」

しのに重なって動いたように思えた影、それはさまざまな過去、去って行った者、死んだ者たち——戦犯として巣鴨プリズンに収容されていた父、残された子供たちを棄てて男と出奔した美しい母、死んだ妻——こういった者たちの亡霊である。

「すこし首をかしげてしのは微笑しながら私を見つめていた。やわらかなまなざしだった。これまでしののことを母に似ているととりたてて思ったことはなかった。しかしその微笑のやわらかさは若かった頃の母を思い出させた」

「しのは立ち上った。（中略）ふと、立ちあがったしのの姿が喪服に身をつつんだ女のように見えた。しのと連れ立って出かける時は身のまわりに不幸があることが多くなり始めている。そんな年齢になったということかも知れなかった。また喪服のしのと歩いていると、亡くなった妻といるような錯覚に陥ることがあった。が、いま妻を思い出したわけではなかった。どうして白っぽい小紋の姿から喪服が思い浮かんだのかわからなかったが、私の心のどこかを黒い姿の女がしんとした淋しさで通って行った」

　前にちょっと触れたように、私は最初読んだときにしのの魅力にひかれ、八年ほど経って読み返したときも同様であったが、「日本小説を読む会」の討論で私のような読み方をした者が他にもいることがわかった。たとえば「（しのと）〝私〟とはほとんどインセストの関係」、「〝私〟としのの未分化」、「〝私〟はつねに女性と未分化」などの発言がある。その点をプラスと見るかマイナスと見るかでこの作品の評価が分れるが、私はプラスと見る方で、「〝私〟はしのによって過去を想い出していく。しのが導き手になり、そのしののかげに亡き妻や母の姿がちらほら見え隠れする。そのデリケートな感覚が大変よい」と発言している。

ところで話がそれるが、この小説を報告した中島香さんの大学時代からの親友に、現在アメリカのダラス在住のSさんがいて、偶々、中村昌義を読んでいた。そのSさんから中島さんにとどいた手紙によると、かつてニューオルリンズで日本人団体の通訳をした際、中村昌義の母なる女性にあったことがあるそうである。紫の着物を着た、七十すぎとはとても思えぬ妖艶な、異常に色の白い美女であった。「静かな日」を思い出したSさんは思わず、あんたが夫や子供を棄てて男のもとに走ったあの母親、と言いかけ止めたという。このエピソードは「会報」にも紹介されている。

「遠いんですか」

「いいえ、もうすぐですよ」

われわれ、つまりOさんと私は暗くなりはじめた小雨降る高田馬場の広い通りを、

一本の傘に身を寄せ合って、しのの経営する「おめんや」目ざしてまだ歩いていると
ころだ。

その後、私は中村昌義の病状を気にしながら問い合わせることもせず日を過ごした。前に電話で耳にしたOさんの口調の暗さを思うと、いまさら問い合わせても空しいように思えた。

ふたたび「静かな日」についていえば、しのだけでなく、題名どおりのあの静謐な全体の雰囲気が私は好きなのだった。それにはまた、「静かな日」の掲載された一九七六年八月号の『文芸』に、「新鋭中篇小説特集」と銘打って、私の「雨のサマルカンド」がそれと並んで載っていたという事情も重なっていた。あるいはそもそもそうした偶然がきっかけで、私は「静かな日」を読んだのかもしれない。

以上のような理由から私は未知ながら、自分とはほぼ同年配のこの地味な作風の作家に親愛の情を何時しかいだくようになっていたのである。いま、余命いくばくもないらしいと知ったことで、彼の存在が急に重さをましたように感じられた。

やがて年が変り、私は『海燕』二月号に載った玉貫寛の「遠い風景」を読んで感動

した。同時に、編集後記によって、かねてから愛読するこの外科医で歌人でもある老作家が、癌と闘病中であることを知った。

こうして私は、癌に冒された作家を二人こころのうちにかかえこむことになったが、ほぼその直後にその一方の中村昌義の死を知ることになるのである。一月十四日付の新聞によってであった。死因は胆囊癌、享年五十三。

新聞記事を手がかりに、私は埼玉県の八潮市に住む操夫人宛てに、愛読者の一人として中村昌義氏の死を悼む旨の簡単な内容のお悔み状を出した。

しばらくして、五月のおわりごろであったか、中村操さんからいわば香典返しの形で随筆集『ぬいぐるみの鼠』が送られてきた。お悔み状を出しただけの私は恐縮した。後で、これはOさんの配慮によるものとわかった。

みずからの手で編んだ遺稿集の「あとがき」を、中村昌義はつぎのように書き出している。

「私にとって最初の、おそらくは最後の随筆集である。いつかはぜひとも、このようなものを纏めたいとおもっていた」

それからさらに仕残した仕事についてふれ、「これまで見えなかったものが、ふいに眼前の霧が霽れたように見えはじめた」ところでこの世を去らねばならぬのは悔いが残る。「だが、それは欲というものであろう。それはそれで土に朽ちてゆけばよいのである」と書いている。

「あとがき」の日付は「昭和五十九年十二月十日」で、巻末に付せられた操夫人の手になる「中村重敬（昌義）年譜」によれば、その後、「昭和六十年（一九八五）一月十二日、河出書房新社より刊行予定の初めてのエッセイ集『ぬいぐるみの鼠』のゲラが届き、午後十時頃まで目を通す。十三日午前八時十八分永眠」となるのである。

この本を手がけたのも他の二冊同様、Oさんであった。

司修の手になる装丁の、しずんだベージュの色調の約二百頁のこの随筆集をひもといて、まず私の注意をひいたのは追悼文の多さであった。全体は三部から成るが、その第二部（約四十頁）はすべて九篇の追悼文で占められているのである。ふと、親しい人の死の後をせっせと追いかけているような、なにか不吉な思いが胸をよぎった。

下に「＊＊追悼」と副題のついた九つの題名を目次でながめると、墓標の列のようにも見える。その故人の氏名のうち、私の知っているのは間宮茂輔ただひとりであった。この古いプロレタリア作家の名を見出したことに奇異の念をいだいた私は、あらためて前記の「年譜」をたどり、昭和三十年（二十四歳）の項に「この頃より作家間宮茂輔に私淑する」とあるのを知った。その後、彼は文芸同人「碑《いしぶみ》の会」に発足と同時に参加するが、間宮も同人であった。

「風葬の座」と題される間宮茂輔追悼の文章のなかで、中村昌義は「一種のたたかい」であったところの晩年の間宮とのつき合い、「私淑」のありようを回想している。あまり古くさいものしか書けぬ老作家への、「複雑なあるうとましさ」のいり混じった愛情。収入らしいものはほとんどなかったはずの彼がまわりの若いものたちに金を集めさせ、それを献金のように受けとり費す「魔力めいた才能」。

そのほか、老朽した木造アパートの二階の薄汚い部屋で、万年筆でなく、珊瑚色の軸につけたペンの先をギシギシ鳴らしながら、「一字一字、原稿用紙に彫りこむように」して書いている間宮の鬼気迫る姿が印象的である。あるとき彼はつぎのように語ったという。〈わたしは何年とあげたことのない万年床の上で、独り寝たり起きたりして、そこから出かけていったり、人を愛したり、また人から棄てられたり、いろんなことがあって、それを風葬の座という題で書きたい〉と。

諸事に紛れて『ぬいぐるみの鼠』をまだ読みおえずにいるころ、中村操さんから雑誌が送られてきた。中村昌義が同人であったところの『碑』の四十四号で、「中村昌義追悼号」となっていた。表紙は白地で、左上方の黒い四角のなかに、何体というのか少し変った書体の「碑」の字が白くぬいてある。その白と黒の色調が偶然ながらいかにも追悼号にふさわしく映る。

表紙をめくると、その裏に「物故同人代表作」として九冊の著書が並んでおり、その下に「物故同人」として九名の氏名が列記されてあった（間宮茂輔はすでに同人でなかったのか、入っていない）。その九番目が中村昌義である。とっさに私は『ぬいぐるみの鼠』の目次の追悼文の題名の列を想起した。『碑』という同人誌について私は詳しくは知らない。しかし『ぬいぐるみの鼠』、とくにそこに収められた追悼文から察するかぎりでは、かなり年配の人びとの集りであるように思われる。「急がれていた——妻木新平追悼」のなかで中村昌義は次のように書いている。

「『碑』同人のなかでぼくがいちばん若い。（改行）年をとっての、いわゆる人の晩年について想像をめぐらすことはあっても、思いをこらしてしみじみと考えたことはない。みんなの葬式はぼくが出しますと冗談を言っていた」

一つの同人誌（『碑』の創立は一九六二年）が九名の物故同人をかかえているというのも普通のことではないように思うが、そのひとりひとりについて追悼文を書きつづり、そしてこんどは自分が追悼される側となった中村昌義という作家の生涯を思うと、月並みながら「運命」という言葉がうかぶのをとどめがたいのである。

「『碑』という雑誌の追悼号、操さんから送って来ましたよ」

「あ、そうですか」

「中村富士子さんの文章よかったなあ」

「ええ」

「あなたのことも書いてありますね」

「ええ、そうですね」

Oさんは口数の少ないひとである。

中村富士子というのは故人のすぐ下の妹、「静かな日」のしのモデルと私たちがきめていて、これからその店に行こうとしている女性である。その富士子さんが追悼号に特別寄稿として書いた文章は「彼の岸に――別れの手続き」と副題がついていた。幼いころの兄の思い出がいくつかと、後は発病後のいわば「看病日誌」で、七十五枚という分量だけでなく、その内容からいっても追悼号のなかで最もすぐれていると思った。

そのおわりの方にOさんのことが出てくる。前年（一九八四）の暮れ、十二月八日、エッセイ集（『ぬいぐるみの鼠』）の打ち合わせのため、三度目の入院先である独協医大越谷病院を訪れたときのこと。

病院のそばを電車が通っているが、駅が近く徐行するのでやかましくない。その音を聞いてOさんはこう言ったと書かれている。

「ここの電車の音は優しいですね。昔、僕の家から少し離れた所に線路があって、昼間は紛れて聞こえないんですが、夜更けになると、最終電車の通る音が聞こえるんですよ。僕はその音が好きだったんですよ。あっ、何時だなって思うんです。今でも時々、夜更けにその音を聴きます」

ベッドで中村昌義は目を和ませてその話を聞き、妹と二人で耳をすまして電車の音に聴き入る。それからOさんは「中村さん、早く直って、また書いて下さいね」と明るく言い、中村も「ええ有難う、早くそうなりたいですね」と屈託なく応じる。

この個所を読んで私は感動した。深夜の電車の音が好きで、その音をやさしいと思う。そのあたりに、この宇和島出身の編集者の人柄がにじみ出ているように思った。私は彼に葉書を書き、近く上京の機会があるから会いたい、ついでに高田馬場の酒場に案内してほしいとたのんだ。

「彼の岸に——別れの手続き」を読んだことが私の気持を決めていた。小説の人物のモデルを見に行くといったどこか卑しくさもしい気持、それを自覚することから生じるためらいはもはやなかった。

いい文章を読ませてもらった礼をひとこと述べたい、ただそんな気持で私は出かけたのだった。

大通りから少し入った横丁に、雑居ビルというほどでもない小さな飲み屋の集った建物があって、その一階に「おめんや」と小さな看板が出ていた。やきとりを主とする店のようだった。L字型のカウンターは十人も座れば満員になるだろう。奥に三畳ほどの小上がりがあった。『碑』の同人例会は開店前のこの店で開かれると随筆集に書かれてあったのを思い出し、貸し切りなら十名たらずの同人会には十分な広さだが、何だか陰気だなと思った。それはやや暗い照明のせいかもしれない。

七時近くなのに、この店としては時間が早いのか客はひとりしかいなかった。Oさんが私を富士子さんに紹介してくれた。お悔みをのべるにはすこし時間が経ちすぎているような気がし、それになるべくそのことに触れたくなかった。私は簡単な挨拶をしただけだった。中村昌義の作品の愛読者であること、それと『碑』の文章を拝見しました、くらいは言ったかもしれない。

白っぽい地に黒い模様の入った着物を着、紫のたすきに紺がすりのような前掛け。それは「静かな日」の和服姿のしののイメージと自然に重なった。髪はまんなかで分けてうしろで束ねていた。広い額、ひきしまった口許、鼻筋の通った色白の面長な顔――「静かな日」のしのそっくりだと思った。

Oさんの言うままに私はカウンターでなく奥の畳に上った。クーラーがききすぎていて、ビールの味がもうひとつである。やがて私は寒くなって、焼酎のお湯割りに変えた。

そのうち客がふえてきてカウンターの方が忙しくなった。店には富士子さんのほかに若者が一人いるが、彼女は私たちの話相手をするひまはない。私たちは声を落してしばらく故人のうわさをした。

『碑』追悼号に元『文芸』編集者の金田太郎が「怒りと恥らい」という一文を寄せていて、そのなかにつぎのようなエピソードが語られていた。ある晩、彼が中村昌義をともなって新宿のいわゆる文壇バー風の店に行くと、別の社のベテラン編集者がいて、中村の作品のことで意地の悪いことを言った。最初は言葉少なに応じていた中村はやがて突然立ち上り、何か叫ぶとグラスをカウンターに叩きつけた。手から血が流れていた。

「そんな激しい人だったんですか」とそのエピソードを引きながら私はOさんにたずねた。

「そんなでもなかったんですが。あのとき、じつはぼくも一緒にいたんですよ。金田さんの文章では、中村さんはそのベテラン編集者に対して怒ったように書かれていますが、ちょっと違うんです。むしろかばうべき立場の金田さんが、一緒になってからかうようなことを言った。それに怒ったんですよ。金田さんにはわかっていないんだなあ」

それで私も少しは納得がいくように思った。会ったことはないが、骨太の大きな体躯の中村昌義には、外見に似ず激しい憤りのかたまりを繊細な神経でつつんでいるようなところがあったのではないか。追悼文のなかで夫人の操さんは「どこか戦国武士のような悲愴感」を漂わせていて、同時にひどく涙もろかった、と書き、金田太郎は「雄々しさ」と「恥じらい」の共存と言っている。冗談などあまり口にしなかったのであろう。文章にユーモアは感じられない。年譜によると、四十六歳でバイクの免許を取り、死の三年前の五十歳のとき、夏、「秋田から新潟まで一五〇〇キロをオートバイで旅行した」――体つきだけでなく、性格的にも私などとまったく異なるタイプの人物であったようだ。

ちょっと手の空いたおりに私たちの席に顔を出す富士子さんに、私は二、三質問した。兄のことを語るうち、彼女の目はうるんできた。

「彼の岸に」のなかには、とくに親しくしていた妹にしか観察できず、また書くこともできぬようなエピソードがいくつも語られている。

病状が進んで下の世話が必要になったころ、妹（富士子）が「ウンチ」とか「オシッコ」とか言うと、彼は真面目な顔で、「もっと、ちゃんとした言葉をつかえ、それは幼児語だ」と言った。それでは何と言えばいいのかとたずねると、「大便」「小用」と言えと言う。自分の家でも小用に行ってくるなんて言っているのか、と問い詰められ、「うん、言っている」と答えるがウソがばれ、笑い出す。

下の世話のほかに、体を拭く仕事があった。そのために、泡状の洗剤（?）を吹きつけるスプレーを買った。吹きつけておいて熱いタオルで拭き上げればよい。

「だんだん要領がわかって来て、胸が終り、顔、首、背中、腕、手指、腿、脛、足の甲、足の裏、足指、隈なく拭く。最後の所へ行く。うしろは、疵付きやすいので、消毒用脱脂綿でそっと拭き上げる。前の方にはたっぷりスプレーし、拡げたり、引っ張ったりしながら、作業を続ける。ところが、こういう日蔭は、健康な時にもあまり面倒を見られていなかったらしく、長年の恨みか、拭いても拭いても、この時とばかりモロモロと出て来るのだ。私はもう夢中になってしまう。そのものが何か忘れ果て、親の仇の様に髪振り乱し、もう磨く（中略）。兄はついに笑い出してしまう。「おい、この部分だけを徹底的に小説に書くのも面白いぞ」。私も我にかえる。「面白くて、とてもやめられないヨ」」

中村昌義は酒が好きだった。好きなだけでなく、体格からみて酒豪の部類にぞくしていたのではなかろうか。富士子さんの話では、飲むのは主にウィスキーであったということ。

三度目の、最後の入院の二日前、兄妹と妻の操さんと三人で酒を飲んだ。彼はそのとき、自分の病気を「胆囊癌の再発」と知っていたらしい。妹がなかば冗談に酒でも飲もうかと言ったのにたいし、うん飲もう、と応じたのだった。まだ酒はうまい、と言う。しかしその「最後の酒盛り」で、本人の言葉とはうらはらに、彼は盃に二、三杯しか飲まなかった。飲めなかったのであろう。妹は兄のために無理して盃を重ね、求められるままに歌をうたう。「もづが枯木で」、「蘇州夜曲」、「ブルースを歌え」。この最後の曲は日ごろ彼が好きで、酔うとよくうたったものらしい。酒盛りのおわりに、彼はふと思い出し、「もう使うこともないだろう」と預かっていた妹の住居の鍵を返した。

十二月なかば過ぎのある朝、妹が六階の病室から外を見て、「モヤがかかっているなあ」とつぶやく。それがなぜか兄の機嫌をそこなう。

朝食の最中に、突然、兄が攻撃に出る。お前は女の一番悪いところをいっぱい持っている。兄弟の中で一番出来が悪い。一体これからどうして生きていくのだ。お前のような人間が一番ぼけるんだ。

「お前はぼけるぞ、ぼけるぞ、ぼけるぞ」

妹は耐えかねてやり返す。自分だって嫌な性質ではないか。すると兄はいっそう激しく、

「自分の悪いところを見ないで、すぐ相手の事を云う。それがお前の一番悪いところだ。お前はババアだぞ、ババアだぞ、ババアだぞ、もっと謙虚になれ」

こうまで言われて彼女は逆上し、椅子の上に胡座をかいて開き直る。「さあ、いいたいだけ言え、遺言だと思って聞こう」。兄は黙りこむ。顔は忿怒のためふくれ上り、しかしヤケ食いか、朝食はほぼ平らげていた。「食事の時、そんな話をしてもうまくねえだろう」「うん、ぅまくねえ、ぅまくねえ」「血圧が上っただろう」「うん、上った、上った」

彼女はたまりかねて病室を飛び出し、しばらくして戻って来ると兄は泣いていた。彼女の目からも涙があふれる。しかし二人とも涙によって相手の無礼を許したのではない、と彼女は書いている。

中村昌義は妹の将来について日ごろからいろいろと気をつかっていたらしい。心のどこかで「例えどんな時でも、兄は妹に絶対優しくしなければならぬ。兄は妹の身勝手を許さねばならぬと思い込んでいる節がないでもない」。この優しさは、親の子に

たいして抱く保護本能にも似ているようである。妹にたいする激しい叱責や怒りは、その保護本能、優しさの裏返しのあらわれだったのであろう。

「彼の岸に」を読んでいて、ひとつ気にかかっていたことがあった。それは幼いころの思い出とは別に、看病生活のなかに姿を見せる母親の存在である。子供を棄てて男と出奔して以来、母との関係は断絶していると簡単に考えていたからである。たとえば病人の体を家族のみんなが揉むなかで、母のマッサージが一番うまく、病人をもっとも喜ばせたといったことが書かれてある。

その点をたずねると、秋ごろから看病のために東京に来ていたとのことであった。以前は別府にいたが、七十三のとき、海の見えるところへ行きたいと「蒲団とテレビだけをもって」与那国島へ渡り、ひとまわり年下の土地の男と結婚したそうである。土地に根を下ろした人と暮したいといって。

会った者が一様に口をきわめて「きれいなひと」と感心するその母親の容貌を、「富士子さんはお母さん似のようです」というOさんの言葉をもとに想像しているうちに焼酎の酔いがまわってきて私は慎しみを忘れ、心の底にしまっていた問いをついに口にしてしまった。

「「静かな日」のしのはあなたがモデルなんでしょう。恋人みたいに書かれてますね」

「みなさん、よくそうおっしゃりますが」

すでに何度もたずねられたらしく落ち着いて、しかし、不快げな様子も見せずに富士子さんは答えてくれた。

「私が読みますと、兄の知っていた何人かの女性の特徴が寄せ集めになっていて」

しかし私には「好奇心の強い大きな目」という点をのぞいて、「静かな日」に描かれたしのの姿は、ほぼそのまま現実の妹のそれであるように思えた。

「静かな日」が話題になったついでに私は、われわれの読書会で取り上げたので、そのときのパンフレットをお送りしますと言った。すると「それは拝見しました」と意外な返事がもどってきた。不審げな私の表情を見て、そばからOさんが口をはさんだ。「あれはぼくが……」そこでふっと記憶がよみがえった。本をまとめて送ってもらった礼に、私はそのときの会報をOさんに送ったのだった。それが作者の手に渡り、富士子さんの目にも触れたのであろう。討論の内容は比較的好評だったな、そうひどいことは記録されてなかったな、と記憶を確かめている私の耳にそのとき、思わぬ言葉がとび込んできた。

「母が読みまして、〝子供を棄てて男のもとに走ったのがあんたか〟のところで苦笑しておりました」

「いやぁ、それは……」

見ると、富士子さんはかすかな微笑をうかべていた。

それからまた私は無口なOさんと向き合い、黙って焼酎のグラスを口へ運んだ。

「彼の岸に」のなかの最後に近く、富士子さんが付添いながら酒を飲むくだりがある。病気の末期、もうビールの一杯も飲めなくなったころ、中村は妹に飲むようすすめた。「俺は、もう飲めないが、人が呑むのを見るのは好きだ」と言った。夜更け、消灯時間をすぎ、常備灯だけ小さく点る薄暗がりのなかで、兄の「見るような、見ないような、何食わぬ顔」を前にしながら、妹は静かに飲んだ。なにか気のしずまるのを感じながら。

「彼の岸に」には「昭和六十年三月二十一日」の日付がついている。中村昌義の死は一月十三日であるから、二カ月あまりのうちに書き上げられたことになる。それなのにしめっぽさがない。それどころか、ところどころユーモラスでさえある。涙を流す場面ですら、からっとしている。それは死を迎える側に、本人にも付添う者にも、一年半にわたる覚悟の時間があったからであろう。
「おい、俺は恰好よく死にたいと思っていたんだが、どうも恰好よく死ねそうもないぞ。だけど、俺の生き方そのものが、恰好よくなかったんだから、仕方がないな、高望みというもんだ」「戦争で死ぬんじゃあるまいし、病気は仕方がないよ」——こんな会話が兄妹の間でできるほどの心のゆとりが出来ていたからであろう。「別れの手続き」とは、そもそもこのようにむしろ淡々として、ときに笑いさえともなうものかもしれない。本人がもう飲みたくなくなった酒を愛する者が代わりに飲み、飲む方もながめる方も、別れる方も別れられる方も、ともにしずかな喜び、やすらぎのようなものを覚える、そんな情景のうちにおこなわれるものであってほしい。中村昌義は、死の二カ月半ほど前、とくに自分の家で開いてもらった自分にとって最後の同人会の席で、みずからロマネ・コンティを注いでまわり、自分が死んだとき飲んでもらおうと思っていたが、ここで飲んでしまおう、と笑顔で言ったという、これも「別れの手続き」のひとつであったのだ。

急激にまわりはじめた酔いのなかで何分か、何十分かが過ぎた。その間のことはとぎれとぎれにしか憶えていない。いや、何時もながら何も憶えていないと白状すべきであろう。帰りぎわに、お兄さんはいい妹さんを持ててしあわせでした——そんなことを口にしたような気がする。いや、ただ胸のうちでそうつぶやいただけだったかもしれない。

店を出るとき、戸口まで見送ってくれた白い顔だけが鮮明に記憶にある。雨はもう止んでいた。

（「ＶＩＫＩＮＧ」四二一号・一九八六年一月）

詩人の贈物

雨の降る秋の日に思い出す詩がある。

下駄箱にしまいわすれた
一番古い靴をおはきなさい
実際、ときどきは
雨の往来を歩くのもいいでしょう

エーリッヒ・ケストナーの詩「雨の十一月」の第一連である。ケストナーの、というよりも、それを訳した板倉鞆音の詩、と言った方が適切かもしれない。

この詩に出会ったのは、木山捷平の「去年今年」のなかでであった。こんな話である。

ある座談会の速記原稿に手を加えているところへ、小包で本がとどく。あけてみると「ケストナァ」の詩集で、ぱらぱらページをめくっていると、このような詩が目にとまった。そう前置きして作者は六つの連から成るこの詩を全部引用する。それだけで、感想は一言も述べない。

その後、目を通しおわった速記原稿をとどけに家を出るくだりでやっと、「いうまでもなくこれは、右の詩の影響によるものだった」と書かれる。詩の第二連にはこうある。

すこしは寒いかもしれません
往来はみじめであるかもしれません
それでもかまわぬ　散歩なさい
できることなら一人でなさい

その散歩の途中、〈私〉は未熟な運転手のタクシーに乗り、追突事故に遭い、ムチ打ち症にかかる。そして終りの方で、忘れていたケストナァにもどってこう書く。「ケストナァは散歩をしなさいと奨励してはいるが、自動車に気をつけなさいと警告を忘れていなかった」。たしかに最終連に「自動車にはご注意なさい」とある。

私は自分のもっているちくま文庫の『人生処方詩集』(小松太郎訳)を取り出してその詩を探した。「湿っぽい十一月」というのがそれだった。第一連はこうなっている。

君の戸棚に忘れられている
いちばん古い靴をはくんだよ!
なぜなら君は街を歩いている間に
じっさい　ときどき雨に降られるかもしれないから

板倉訳とくらべると、別の作品と言ってもいいくらいである。以前に読んでいたのに、木山捷平の作品のなかで初めて出会ったように思ったのも無理はあるまい。

私はかつて愛読した『ファビアン』の作者の詩を、ほかにも板倉鞆音の訳で読みたくなった。リンゲルナッツをはじめ、板倉の訳した詩が私は好きである。

板倉訳のケストナー詩集が、いま入手可能かどうか。問い合わせるとしたら、詩人でドイツ文学者でもある玉置保巳を措いて他にあるまいと思った。玉置さんは以前、愛知大学で教えていたころ、やはりそこの教授で詩誌「アルファ」の同人でもあった板倉鞆音と親しくなり、結婚の媒酌人までつとめてもらったほどの間柄である。

玉置さんとは前年の秋、下鴨の蕪庵で催された天野忠三回忌の集まりで久しぶりに会っていた。ただ彼は車椅子に乗って現れたのだ。私は驚きはしたが、何があったのか訊ねるのをひかえた。私たちの関係はその程度のものだったのである。したがって、少し前（一九九六年十月）に贈られた詩集『ぼくの博物誌』の「あとがき」に、定年退職後の「この世を去るまでの、残り少ない日々」をベッドに仰向きに寝たまま過ごしている、といった近況がのべてあるのを読んだときも、あの車椅子の姿を思いうかべはしながらも、「この世を去るまでの、残り少ない日々」はお互いさまだくらいにしか考えなかったのだった。

そこで私は、同じ左京区に住む玉置保巳に板倉訳ケストナー詩集について問い合わせた。寝たきりの人のことを考え、電話でなく郵便を用いた。

玉置保巳とはじめて言葉を交したのはこれより十年ほど前の一九八六年の夏、天野忠さんのお宅でであった。それ以前にも、私の勤務先の大学に教えに来ていたので姿を見かけたことはあった。ピンクがかった赤い顔と、年齢に似ず真白な髪が目をひいた。変った人という印象をうけた。知り合ってからもそれは変らなかった。後に略歴などを知り、そこから、昆虫や宇宙・天体に夢中だった科学少年が肺を病んでながく病床ですごした後、俗事にまみれるひまもなく純粋な詩人に羽化した、そのような感じの、要するに私などとは全く異質の人だと決めこんでいた。

その特異な人物との唯一の接点が天野忠だった。実際、会ったのは天野家をのぞいては、大津の病院に入院中の天野さんを見舞ったときぐらいしかなかった。そのときでも二人きりでなく、編集工房ノアの涸沢純平さんが一緒だった。

それでも天野さんの死後、関係が跡絶えたわけではなかった。たがいに著書を贈り、その感想を書き送るという形でつづいていたのである。

はじめて著書を贈られたのは、天野家で知り合ってから二年後の一九八八年の秋のことで、その本は『リプラールの春』（編集工房ノア）だった。一九七〇年の春からおよそ一年間、玉置夫妻がわが子同然に可愛がっていた一代目ロク（日本犬）の霊と「三人連れ」でドイツを中心にヨーロッパを旅して回った、そのときの紀行文である。

不断から私はドイツ文学者の書く文章は観念的、形而上的傾向がつよく、肌に合わないと決め、敬遠してきた。ところが『リプラールの春』はちがった。観念的、哲学的な硬い言葉はなく、また、文学、芸術、思想にかんする議論も新知識の紹介もなく、こまやかな、やさしい感覚が行きわたる日常生活の観察に終始していた。一読して私は玉置保巳を身近な人と感じるようになった。

こうした感想を書き送るとしばらくして、前にも触れた豊橋の詩誌「アルファ」の編集人永谷悠紀子さんから書評を頼まれた。感じたとおりを書けばいいと思い、引き受けることにした。

『リプラールの春』の冒頭には、「序詞」と題された散文詩が掲げられている。田舎町リプラールの古いお城のなかで開かれたドイツ語講習会で、〈ぼく〉は「夢みるような青い瞳」をした金髪の美女と隣合わせになる。カリンといい、ポーランドに夫と子供を残してドイツに出稼ぎに来ているらしい。授業中、教室の窓から外をながめていると、トイ・プードルを連れた少年がやって来る。「ほら、見てごらん」、カリンは〈ぼく〉にそうささやく。そのドイツ語は「とてもやさしい」。

私は書評を書くに先立ち、カリンがささやいた「ほら、見てごらん」はドイツ語でどう言うのか知りたくて、そのときは電話で訊ねた。玉置さんは困惑気味に「もう忘れましたけど」と前置きして、いくつかの言い回しを挙げた後、「私としては、これが好きなんです」と言って口にしたのは「シャウ・マール」(Schau mal)という表現だった。

シャウ・マール、その言葉はドイツ語を知らぬ私の耳にもやさしく快くひびいた。「シャウ・マール」と私は自分でも繰り返し口にしてみて、「その言葉を口にしたカリンの気持ちのやさしさ、それに感応する作者のこころのうごきが、いっそうわかるような気がした」と書き、「シャウ・マール!」そのものを書評文の題にえらびまでした。

この本のなかには、玉置夫人がしばしば登場する。旅の連れであるからふしぎではないが、作者は夫人の名前をいちども出さず、また家内、女房などとも呼ばないで終始一貫、妻で通している。だから「妻」という漢字がいささか目に障る。そこのところをちょっとからかって、以前に友人が口にした「妻という字は毒という字に似ている」という言葉を引いて、この書物では妻という字は毒には見えない、玉置夫人に、そしてその夫人を描く書き手にも「毒」がないためか、などと書いたのだった。

この書評ののった「アルファ」86号が出たのは八九年のたしか三月で、玉置さんから大変喜んだ礼状がとどいたが、そこにはまたつぎのようなことがしたためられてあった。書評を読んだ玉置夫人が「妻」と「毒」の字が似ているのくだりに大いに興味をいだき、どうして毒の下に母という字がついているのかしら、とか、妻は誰でもはじめはやさしいのだけど、相手次第で毒にもなるのよと言っていた、云々。

ところで、『リプラールの春』の帯には「ドイツ紀行」と書かれてあるので、この一冊全部がそうなのかと誤解されやすいのだが、三百ページをこえるこの本のうち「リプラールの春」は全体のほぼ四分の一にすぎず、残りは「私と妻とロクの話」の題の下に随筆風の文章が十篇収められているのである。書評文をまとめやすくするために、私はあえて「リプラールの春」のみにかぎって書いたのだったが、作者の本心では、残りの方にも触れてほしかったのではなかろうか。

と、こう書いたインクの乾く間もなく、いや、深い愛情にかたく結ばれた「私と妻とロク」の家族物語は、下手にあげつらわれるよりもむしろ読むだけでそっとしておいてもらった方がありがたいと作者は考えていたのではないか、そんな風にも思えてくる。

いずれにせよ、私が心ならずも無視する恰好になってしまったこの部分（じつは全体の四分の三を占めるのだが）を、私小説風のおもしろさに惹かれて私が愛読したのは事実であり、また、今後、玉置夫妻の人柄と暮らし向きを知るうえで参考になろうかと思うので、また脇道へ外れるが（何が本筋なのか私自身もわからないのだが）いくつか紹介しておきたい。

「私と妻とロクの話」は、その大半が作者の出身地新宮の同人雑誌「燔祭」に発表された。どの一篇にも、玉置夫妻とその子供、つまり二代目ロク（トイ・プードル）の三人家族の日常が描かれている。

夫人ははなはだ体の弱い方のようだ。玉置さんが豊橋から京都に移って来て、痔瘻の手術のため市内の病院に入院したとき、看護のため通院する体力がないので、狭い病室に内緒でロクを連れて泊り込んだほどである。

また、こんな話もある。はげしい眩暈におそわれ、病院で診てもらったときのこと。——耳に水を入れてする検査になると、恐がって医師と看護婦の手を振り切って廊下の端まで逃げ、階段のかげに隠れた。玉置さんが探しに行くと、頭を出したり引っこめたりしてこちらの様子をうかがっている。怖いものに出くわしたときのロクそっくりである。「犬は飼主に似るというが、我家では飼主が犬に似る」と玉置さんは書いている。

それより先、結婚後しばらく豊橋に住んでいたころ、八つ年下の夫人はまだ大学院でヴァージニア・ウルフの修士論文を準備中であった。ウルフはプルーストとならんで、玉置さんも学生時代に好きだった作家の一人。また、高貴な血統をもつロクはきわめて賢く、両親つまり玉置夫妻の心の動きを敏感に察し、人語を、英、独、仏語まででも少々解したそうである。たとえばヴァージニア・ウルフという言葉を耳にすると、小さな丸い目をさらに丸くし、短い尻尾を千切れんばかりに振る——そうは書かれていないが、まあ、万事そんなあんばいなのである。

豊橋時代、近くに住んでいた丸山薫夫人の目に、「何だかふびん」に映ったというこの夫妻の日常がこれだけでほぼ察せられると思う。しかしヴァージニア・ウルフを研究するかなり異常体質の夫人には、他方、有名人のゴシップに熱中する面もある。また私が勝手に超俗の詩人と決めていた玉置さんが車を運転し、碁を打ち、花札で遊ぶ人だとは、これを読むまで知らなかった。

作者がみずからを太陽（朝一番に起き、夜一番に寝る）と称し、妻を月、ロクを星と呼ぶこの三位一体の愛の物語を読みながら、しかし妻の話をのろけとも、またロクの自慢を親馬鹿とも感じないのは、やはり人徳のなせるわざであろうか。「でも、実際にこのとおりなんですもの」と、あのやさしい声できっぱりと言われれば頷かざるをえないのだが。

もう少しつづける。

『リプラールの春』のつぎに貰ったのはたしか詩集『海へ』（散文詩）だった。『リプラールの春』の「序詩」がこのなかに、「古城の春」と改題されて収められていたはずだ。確かめようと思って、私はその詩集を取り出して開いた。すると、見返しのところに封書が挟まっているのに気づいた。上書きはできていて、あとは切手を貼るだけの状態である。裏を見ると、差出人の氏名のよこに鉛筆でうっすらと「投函しようとしていたところへ『α』がとどきましたので同封します」とあった。つまりこの手紙は「α」（アルファ）と一緒に送られてきたのだ。日付は八月十五日。手紙の最後に、別便で『海へ』を送ったとあるから、一九九〇年だとわかる。

「お葉書、嬉しく拝誦いたしました。天野さんは、とてもお元気のやうです（八月十一日にお見舞に行ってきました）」

そして『海へ』の装幀を大変ほめてもらった、と書き添えてあった。

いま、あらためてその装幀をながめる。クリーム色の地に薄紫の、スタジアムの観覧席のような段々のついた鋼鉄材が横たわり、その最上段に黒い尾を髪毛のようにながながと垂らした女（人魚）が、どこか遠くを（おそらくは海の方を）ながめている。そばに犬が坐って同じ方向をながめている。

「あとがき」によると、早川司寿乃という新進のイラストレイターの絵である。

「彼女のイラストには、よく魚と対話してゐる妖精のやうな少女や、また、その話に聞き入ってゐる河童や、小さな土星たちが登場する。そこには海が描かれてゐるわけではないのに、私は何故か、いつも海を感じてしまふ。早川さんに装幀をお願ひしたのは、じつはこの明るくて不安な海の感じのせいなのである」

引用が長くなったのは、ここに玉置保巳の詩の世界が示されていると考えたからである。

この手紙にはまた、六年前、表題作「海へ」の載った「燔祭」を編集人が富士正晴さんに送ったところ、ほめられたとあって、その葉書のコピーが同封されてあった。
参考までに先ず「海へ」を、つぎに富士正晴の葉書の文面を書き写す。

海へ

ぼくはその頃まだ小さな子供で、戦死した兄に手をひかれて歩いてゐた。どうやらそこは見なれた町で、銭湯や理髪店やカフェが並んでゐて、花屋の軒先にはツリシノブが揺れてゐた。ぼくらは海に向かって歩いてゐたから、風が、さまざまなものの匂ひを運んできた。汽車の線路の鉄さびの匂ひ、川口に木場《きば》の、よどんだ水のにほひ、すえた無花果のにほひ……。
町はづれの小川にかかってゐる土橋のたもとの一軒の氷菓子屋で、ぼくらは足をやすめた。桶の水にラムネの壜が沈んでゐて、ふと目をあげたとき、ここから先は、もう、あの世だといふことがぼくにも分かった。土橋の向かふには見知らぬ風景がひろがってゐたのだ。

海の石で築いた石垣のつづく村、夏蜜柑の暗いしげみ、砂地にはふマクハ瓜、路傍の櫟の木の幹には、キマダラヒカゲが群れてゐて、ニューギニアで戦死した二十八歳の兄のたくましい手が、ぼくの手をひいて白い貝殻の散らばる路をずんずん歩いてゆく。海辺の墓地をすぎ、浜昼顔の群生地をすぎ、足の裏を焼き焦がす砂丘を越えて、いっさんに浪打ちぎはへ駈けて行く。怒涛がぼくらの体を揺りあげ揺りおろし、あたりには途方もなく明るい青がひろがってゐる。

富士正晴の玉置保巳宛葉書（一九八四年十二月二十五日付）

余り雑誌はみないのですが今日ひょいと「燔祭」にさわり、あなたの「海へ」を読み軽いけど浸みこんでくるようなところのある哀愁を感じ大へん快く思いました。このごろの詩はうっとうしいのが多いみたいでこの詩にはほっとしました。それで一筆。

あなたには詩集はありましたかな？

ずいぶん回り道をしたが、ケストナーの詩集にもどる。

その詩集について問合わせの葉書を出したところまで書いた。それから二、三日すると、思いがけず玉置さんから電話がかかってきた。わりに元気なのだなといささか安心しながら、しずかな、感情のこもらぬ声を聞いた。板倉さん訳のケストナー詩集はたぶん絶版なのでコピーを送る。自分はいま病気で寝ているが、手伝いの人に頼むから心配はいらない。そう言ってから病状の説明に移った。背骨をいためて仰臥状態で暮らしている。排便その他一切、身の回りの世話は妻にまかせきりだ。手紙も仰向けに寝たまま濃い鉛筆で書いて、妻に清書してもらっている。

聞き終って私は病状の重さに暗然とした。自分の呑気さ、鈍感さを恥じた。

それから間もなく、板倉鞆音訳『E・ケストナァ詩集』が送られてきた。一九六五年に思潮社から現代の芸術双書XIVとして出されたもののコピーで、およそ百三十ページ、巻末には村野四郎の跋がついている。

添えられた一筆箋二枚の手紙には、次のようにあった。二十七日（十月）の「天野さんを偲ぶ会」はきっとよい会であったと思う。自分は目下「腰椎の圧迫骨折」を起こしていて、やむなく欠席した、云々。そして署名のよこには「（代筆）」、さらに追伸の形で「『ああ、そうかね』楽しく拝読いたしました。貞子」、と署名されていた。そのときになってやっと私は、この前にもらった『ああ、そうかね』への礼状も、夫人の筆によるものであったことに気づいた。間違いそうなほどよく似た、きれいな筆跡である。

「腰椎の圧迫骨折」とはいかなるものか。永年、椎間板ヘルニアに悩まされている身ながら理解できず、それでも容易ならざるものを感じた。

不吉な予感にうながされて最近もらった『ぼくの博物誌』をあらためて手に取ってみた。意識してながめると早川司寿乃による表紙カバー絵からして、たしかに異様だった。障子を開け広げた恰好の白い空間に面して机、その上に置かれた空白のページの開かれた書物、ペン立て。椅子はない。すでに机の主の消え失せた後の、死の静寂と虚無の支配する空間である。作者の信頼を寄せるこの装幀者が、詩人の病状についてどれほどのことを打ち明けられていたか不明である。だがこの表紙画の伝えるところは歴然としている。

前には気軽に目を通していた「あとがき」を読み返した。そのなかの「この世を去るまでの、残り少ない日々」の文句が辛いほどの現実味をおびて迫ってきた。たしかに残りは少なかったのである。

それから五カ月後の九七年の三月二十日の昼前に、田口義弘さんから電話がかかってきた。突然のことだった。胸さわぎをおぼえた。玉置保巳さんが昨日亡くなったと告げられた。前立腺癌の腰骨への転移。これで「腰椎の圧迫骨折」の意味がはっきりした。通夜と葬儀は身内だけでおこなう。ただ親しかった人たちには、最後のお別れが許されているので、天野さんの奥さん、大野新さんらと自宅を訪れることになっているが山田さんも一緒にどうか。私は同行する旨答えた。

田口義弘とは親しくはないが、以前私と同じ大学でドイツ語を教えていた詩人で、とくにリルケに詳しく、また最近ではカロッサ全集の翻訳の仕事で玉置さんと一緒だったそうであった。

春は名ばかりの、どんよりと曇った底冷えのする一日が暮れかかったころ、家を出て二十分ほど歩き、集合場所の叡山電車の修学院駅前へ行くと、すでに着いていた他の三人が外に立って待っていた。寒さのせいか、皆の顔が白っぽく見えた。

一乗寺向畑町の玉置家までは、そこから十分あまりだった。道々、私は次のようなことを知った。玉置さんがいったん退院していた年末に、こんどは夫人の方が蜘蛛膜下出血で倒れ、意識不明で入院したこと。みずからも重病の玉置さんが献身的に夫人の看病に当っていたこと。支え合って生きてきた病弱な夫婦の一方が倒れると、支えを失ったもう一方も倒れる、その好例のように思えた。こんなわけで夫人は二月末に夫が再入院したこと、そしていま亡くなったことを知らずにいるのだった。

大野新さんによれば、玉置さんの風呂恐怖症は有名で、風邪を引くのを極度に怖れ、年に数回しか入浴しなかったそうである。その異常体質の人が入院中、病院側のすすめで入浴し、風邪を引くからといって慌てて上り、実際に風邪を引き肺炎を誘発、それが直接の死因となった。

一乗寺駅界隈のまだ田舎の風景がわずかながら残るなかに、白壁とオレンジ色のとんがり屋根の二階家がみえてきた。それが玉置家だった。
私たちが通された一階の書斎のベッドには、まだ納棺されず花に埋もれてもいない遺体が横たわっていた。親戚の方の手で、顔を覆う白い布が取り除かれた。わずかに色の失せた顔色のほかは、穏やかな表情もゆたかな白髪も生前のままで、安らかに眠っているとしか思えなかった。ただ、口の一端に赤く血がこびりついているのが目をひいた。人工呼吸器を取り外すときに出来た傷だそうであった。
私たちはしばらく言葉もなく、ベッドのかたわらに立っていた。スリッパをはいた足の先から冷気が這いのぼってくる。ふと見ると、天野さんの奥さんだけスリッパをはかず、玄関の上り口の角ででも傷つけたのか、足の小指から流れた血がじくじくとストッキングから滲み出し、床を汚しているのだった。私はしばらくは、血に染まったその足指から目を離せぬまま、寒さで全身が震え出しそうになるのをこらえていた。

十一月。雨ではないが思い出す。

すこしは寒いかもしれません

往来はみじめであるかもしれません
それでもかまわぬ　散歩をなさい
できることなら一人でなさい

家を出て、浄水場のそばの疏水に沿って西へしばらく歩くと、下鴨本通りに出る。北へ曲がり、すぐに北泉通りをこんどは東へ折れる。左前方遠く高く、比叡山が見えてくる。このあたりが北園町だ。奥さん、お元気ですか、と胸のうちで挨拶しながら天野家の前を通りすぎる。

この道をずうっと真直ぐ行き、馬橋で高野川を渡り、なお東へ進んで白川通りに出て、さらに曼殊院へ向かう小道をあっちへ行きこっちへ曲がりすれば玉置さんの家にたどり着けるはずだ。天野家から歩いて三、四十分、バスも電車もなく、天野夫妻が玉置家へ行くときにはたぶんタクシーをフンパツしたのだろう。

あるとき、玉置夫妻が銀婚式を祝うため、天野夫妻を家に招待したことがあった。夫妻は両親を迎えたようにもてなす。天野さんも寛ぎ、機嫌がいい。玉置夫人が親馬鹿ぶりを発揮して、ロクに赤頭巾ちゃんのお話を読んできかせる。嬉しそうに聞き入っているプードルの表情を、口もとに笑みをうかべながら孫を見る眼でながめている天野さん——そんな情景が目にうかぶ。

玉置保巳の詩にたいしては辛辣な批評を加えていた天野さんも、そして夫人も、玉置夫妻にはやさしかったのだ。支え合って辛うじて生きているように見える二人の姿が、「しずかな夫婦」の詩人の目にも「ふびん」に映っていたのか。

いわばみずからへのレクイエムである『ぼくの博物誌』のなかに、「生のかがやき」という一篇がある。天野忠の一周忌にもらった、作者自身による『万年』の朗読テープを聴く。

あの世のことは、どうもわからん。
あの世から帰って来た人は
一人もないのやから。

それにたいし玉置さんは考える。

「あの世なんて、そんなもの、あるはずがない。死ねば一切無に帰する。無とは、物理学者ホーキングも言ってゐるやうに、時間も空間も無くなるといふ事だ」

いや、それはちがう、と私は言いたい。生死は物理学ではありませんよ。生物としての、物体としての個が消滅しても、言葉と思い出は残る。あなたの詩と散文が、天野忠の、ケストナー＝板倉鞆音の詩が私の胸に残るように。

人は思い出されているかぎり、死なないのだ。

思い出すとは、呼びもどすこと。

ひとりで出かけたつもりなのに、何時の間にか玉置さん、天野さんと一緒になっている。私の方が呼びもどされて、後から寄せてもらって、小声に語らいながら歩いているような和やかな、しあわせな気分だ。

天野さんも、玉置さんも、車椅子に乗っていない。

突如、ぱっと視界が開ける。めっきりふえたマンションの建物に囲まれるような恰好の、稲を刈り取った後の田んぼ。その先に、散り残った黄葉をつけた大きな銀杏の木がすっくと立ち、その枝が西に傾いた秋の陽に輝いている。

夢の中を行くようじゃないですか

でも街を歩いているのです
秋はよろめいて並木に突きあたる
梢には最後の一葉がゆれている

日が翳る。今日は雨は降っていないので靴に雨水が滲みこむ心配はない。しかし十一月の風は冷たい。

自動車にはご注意なさい
寒ければ、どうぞ、お帰りなさい
無理をすると鼻かぜをひきます
そして、帰ったらすぐに靴をおぬぎなさい

ドイツの詩人の親切な忠告におとなしく従って、私たちはそれぞれの家路をそれぞれの足どりでたどりはじめる。

（「海鳴り」15号・二〇〇三年四月）

八十二歳のガールフレンド

久保文さんの死を知ったのは、今年（二〇〇二年）の四月二十四日付朝日新聞夕刊によってであった。享年九十。

ここしばらく音信がなく、元気なのだろうかと気にしていた矢先のことだった。九十歳はみごとである。

亡くなったのはながらく住んでいた東京ではなく、豊中市の長男の家となっていた。後で遺族の方から知らされたのだが、昨年転んで大腿骨を骨折し独り暮らしが困難になったので豊中に帰り、入院中、肺炎をおこして亡くなったそうである。

久保文は、新聞記事では「翻訳家、元日本原水協常任理事」で、「スペインのフランコ独裁と闘ったドロレス・イバルリ著『やつらを通すな』の翻訳で知られる」と紹介されていた。

これだけでは、世人は左翼インテリ女性を思い描くであろう。事実、若いころ、「ラ・パショナリア」の愛称で知られたスペイン共産党書記長ドロレス・イバルリの生き方に憧れた時期があり、後にその著書を翻訳した。さらに原水爆反対運動、A・A作家会議などにもふかくかかわった。

しかし私が久保文を知ったのはそうした活動を通してではなく、スウェーデンの精神科医アクセル・ムンテの手記『サン・ミケーレ物語』の翻訳者としてであった。その知り合うきっかけとなった経緯については、すでに別のところ（『生の傾き』）で詳しく書いたので、ここではかいつまんで述べるにとどめる。

一九八五年の初夏のころ、たまたま大阪のある古書店でアクセル・ムンテの『サン・ミケーレ物語（増補版）』という本を見つけて購入した私は、それが前に富士正晴さんから借りて読んだ『ドクトルの手記』と同じ内容のものであることを知った。訳者のあとがきには、世界十五カ国の言葉で翻訳され世界的ベストセラーにもなったこの本が、「日本では不思議に評判にもならず出版もされなかった」と書かれてあった。

そこで私は、まったく未知の、奥付の紹介によると一九一一年生まれの訳者宛に、版元の紀伊國屋書店気付でほぼつぎのような手紙を出した。『サン・ミケーレ物語』は昭和十五年に青木書店というところから、岩田欣三訳『ドクトルの手記』の表題で上下二巻で出ている、云々と。そんな手紙をあえて書いたのは、愛読した書物の訳者への親愛の情もさることながら、旧訳には付せられていなかった解説によって、作品および原作者について多くのことを教えられたことへの感謝の気持からであった。

まもなく、丁重な封書の返事がとどいた。

「なつかしい京都の下鴨からのお手紙、どなただったかなと開封致しましたら、存じ上げない方からのおたより、『サン・ミケーレ物語』をおよみいただいた方とわかり、これも御縁かと、ありがたく拝見致しました」

手紙はこのように始まっていて、つぎに初版（削除のある）が出た一九六五年当時の評判、また戦争中に読んだような記憶があると誰かから言われ、古本屋で探してみたが見つからなかった、といった事情が語られていた。

ところで、手紙の冒頭に「なつかしい京都の下鴨」とあるのにはわけがあった。彼女自身、若いころ十年ほど京都に住んでいて、同志社大学に学び、それに家が寺町通りの天寧寺の前にあったので、毎日のように加茂の河原を犬を連れて散歩し、下鴨神社あたりまでもよく足をのばしたそうであった。また父親が三高や京大の先生がたと親交があり、その関係で、三高教授の伊吹武彦さんの家に通ってフランス語の個人レッスンを受けたこともある（後年、私もその伊吹先生にフランス語を習った）。さらには富士正晴さんの義弟に当る野間宏さんとは「ながいおつきあい」がある、云々。彼女の言う「なつかしさ」には、このようにいくつものわけがあるのだった。

この手紙を読み、これは大変なひとだぞと身構える一方、たちまち時間的・空間的な隔りを忘れた私は、それまでは訳書の活字でしか知らなかった「久保文」なる十九歳年上の女性と、面識もないままに一方的に「友達」になってしまったのである。

それが八五年秋のことで、以後二年半ほどの文通を経て、ついに私たちが会うことになったのは八八年六月はじめ、私が何かの用事で上京したおりのことであった。

久保さんが葉書に略図を書いて指定してきた落ち合う場所は、彼女の家の近くの、目白通りから少し北へ入った「多古八」という店であった。いずれは酒を飲むことになるのなら、喫茶店などという中途半端あるいは無駄は省き、最初から目的地へ直行しようと提案するところにこのひとの人柄というか心意気が感じられ、頼もしく思った。いや、最初から酒場をほのめかしたのは、こちらの方だったか。

この件を東京に住む友人に伝えると、驚いたことに久保文なら自分も知っていると言う。むかし左翼出版社に勤めていたころ、Ａ・Ａ作家会議の仕事を通じて知り合ったのだった。自分も一緒に会いに行くと言うので心づよくなった。久保さんからも、この思いがけぬ再会を楽しみにしていると言ってきた。

友人が久保さんを知っていたことに驚いたと書いた。しかし後で知る久保文の生き方の幅、活動範囲の広さを考えれば、さほど驚くには当らないことであっただろう。それでも、一人はスウェーデン出身の精神科医の手記を通しての初対面、他の一人はマルクス・レーニン主義を通しての二十何年ぶりかの再会、この二つが計らずも同時に実現されることになったについては、やはり不思議な感じを拭いきれないのである。

さて当日の夕刻、約束の時間に多古八に行くと、久保さんはすでに来てカウンターで待ち受けていた。初対面と再会の挨拶があわただしく交される。私には初対面の意識は稀薄である。

久保さんはほっそりした体つきの、鼻すじのすっと通った顔に眼鏡をかけ、ベレー帽をかぶった、いかにもモダンな感じの美しい老婦人だった。老などと書いたが、ちょうど喜寿をむかえたばかりの年にはとても見えなかった。この印象は声や話しぶりの若々しさ、記憶力のたしかさ、そして何よりも飲みっぷりのみごとさによってさらに強められた。この最後の点は、ともに酒飲みを自任する私と友人が後々まで感歎したところである。

初対面と再会のいわば二重の緊張と興奮の渦に巻き込まれ、そこから早く抜け出そうと相手のピッチに合わせて盃を重ねるうち私は激しい酔いにおそわれ、頭のなかはすっかり混乱した。こうして何時ものことながら、久保さんが語ってくれた数々の興味深い古い思い出話を忘れてしまった。

だが、酒気とともに空しく消え失せたその一夜の記憶の間に、つい昨日の夜に見た夢のかけらのようにひっかかっている情景がある。

多古八の後でもう一軒行った店のマダムは車椅子の美しい人で、早稲田の学生という、前髪をおかっぱ風に切りそろえ健康そうな白い歯を見せて笑う可愛らしい娘が手伝っていた。そのうち中年の客が、店の片隅にあったギターを手に取って弾きはじめた。それからどうなったのかわからないが、気がつくと「青年歌集」の合唱になっていた。私たちは学生時代にもどったように声を張り上げて歌った(久保さんには、人を若返らせる雰囲気があった)。アコーディオンこそないが、ひとむかし前の「うたごえ酒場」の再現だった。「アヴァンチ・ポポロ」、「国際学連の歌」、「ワルシャワ労働歌」、……そして最後は「インターナショナル」。車椅子のマダムも手伝いの娘も、一緒に歌っていたような気がする。

訃報に接してから何日か経って、久しぶりに『サン・ミケーレ物語』を書棚から取り出し、埃を払った。本を開くと、見返しのところに二枚の絵葉書が挟まっていた。二枚ともまったく同じの、ヴィラ・サン＝ミケーレの建物の写真である。

ヴィラ・サン＝ミケーレはカプリ島の岩山の上のアナカプリに建っている。アクセル・ムンテは犬や猿など愛する動物たちと晩年をこの邸で過ごした。いまはムンテ記念館として一般公開されている。

この絵葉書には見覚えがあった。しかし、二枚も同じものをもらっていたことは忘れていた。ともにブルーのインクの横書きで、文面までも写したように似ている。

イタリアのツアー旅行で初めてカプリ島を訪れた際、自分の訳した『サン・ミケーレ物語』を、ムンテ記念館に献呈して来たのだった。あいにくその日は日曜日で、「江ノ島のように見物客でこみあって」いて、列に加わって並んでいたら何時になったら入れるかわからない。そこで「入口ではないと書いてある口」から入り、館員らしい男性に訳書を受け取ってもらった。彼は、かならず館長に渡して礼状を出すようにすると言ってくれ、折角だからと、裏口からムンテの寝室、書斎、台所を見せてくれた。――ざっと以上のようなことがしたためられてあった。

この絵葉書のうちの一枚を、彼女は当日の夜、ソレントのホテルで書いて投函した。ところが、帰国後、他の人たちに出したのが未だ着いていないことを知り、私宛のもそうだろうと、念のため同じ内容の同じ絵葉書を東京から出した、というわけであった。

消印を調べてみた。イタリア（ソレント）からのものは一九九一年九月十六日、東京からのものは九月二十日となっている。イタリアから出したのが何月何日にとどいたかは不明である。

あらためて絵葉書の写真をながめているうちに、むかし訪れたことのあるアナカプリの情景がかすかながら浮かんできた。一九六七年六月、パリ滞在中イタリアを初めてひとり旅したおり、カプリ島を訪れたのだった。当時、まだヴィラ・サン＝ミケーレどころか、アクセル・ムンテの名前さえ知らなかった私はただカフェの窓から、岩山のはるか下方の、トルコ石を溶かしたような海を見下ろしながらぼんやりと時を過ごしたのだったが。

写真には、ななめ後方から見たクリーム色の建物の裏側がうつっている。手前の、暗緑の小さな茂みはオリーブだろうか。建物に平行して散歩道、その外側に風よけの松の並木。幹の間から遠く下の方に海がのぞいている。海の色は上空とまったく同じ明るい青。

写真の前面、建物の裏に沿って伸びる散歩道には人影ひとつない。おそらく一般に立入禁止となっているのだろう。その小道をながめていると、むこうの方、灌木に隠された「入口ではないと書いてある口」から、自分の訳書を館に寄贈しおえた久保さんが、満足気な笑みを口もとにうかべて現れて来そうな気がした。


それからも久保さんとの文通はつづいた。それによって彼女が古在由重を読み語る会、日韓の戦後文学を語る会などを「若い人たち」と一緒にやっていることを知った。しかし私の好きなのは、たとえばこんな便りをくれる久保さんだった。

「(……)先夜目白通りのやき鳥やでいっぱいやっておりますと、私の隣で白い外国人がいっぱい（日本酒）をやっておりました。そのうちカウンターでの話がはずんできてその人が私に話しかけてきました。「どちらの方ですか」とたずねますと「フランス人です」ということで、私も昔フランス語習って、フランスの小説など読んだといいました。すると誰が好きですかというので、シャルル・ルイ・フィリップというと、その人知りませんでした」

東京で会ったのは初対面のときだけで、あとは京都で二、三回会った。たしか一九九三年のおわりごろ、出町柳の近くの小さな酒場に案内したことがある。その店のすっぽん鍋をご馳走したいと思ったのだ。

久保さんは、むかし一学期だけ在学した京都の小学校の同窓会に出席するためにやって来て、豊中の長男の家に泊っていた。

えんじ色のセーターの胸に大きなブローチ。このときもベレー帽をかぶっていた。飲みっぷりは、年を重ねてもいささかも衰えていないように見えた。なるべく小さな猪口を選ぶ私を憫むように、ぐい呑みで手酌ですっすっと細い体に流し込み、ほとんど顔に出ない。そのペースに巻き込まれまいぞと警戒しながら、話に耳を傾けた。

どういう流れからか、話は彼女が二十数年前、A・A作家会議の仕事でインドに行ったとき、カルカッタでガイドをしてくれた十歳ほどの少年のことになった。

「お父さん何してるの、と訊くと、家で子供をつくってるって答えるのよ」と言って久保さんは笑った。何だか単純に一緒に笑えるような話ではなかった。

最終日には、ただでガイドをしてあげると言って、少年は美術館の切符も自分で買って、代金を受け取ろうとしなかった。今日は全部ぼくが払うからと。

「あなた、将来どうするつもり、と訊くと、大丈夫だよ、インディラ・ガンジーが護ってくれるからって胸を張ったわ」

帰る日、バスに乗り込んで出発を待っていると、一行の人から名を呼ばれた。少年が見送りに来ていたのだ。

「これ、マダムへのプレゼントだと言って、何か小さなものをくれるの。何だろうと見たら、べつに珍しくもない古い切手だった。……その子にもう一度会いたかった。名前も訊かなかったけど……」

そんな話を、少し鼻にかかったような、酔いで少しうるおいを帯びた声で淡々と久保さんは語った。

店を出たのは九時ごろだった。電車を乗り継いで豊中まで帰るには早い時間ではない。しかし一向に気にしていない風だった。

暗い裏通りから今出川通りに出た。久保さんは、これくらいは酒を飲んだうちに入らぬと言わんばかりの確かな足どりで、何時ものように背すじをすっと伸ばして歩いた。そして少し行ったところでごく自然に私の腕を取り、笑いをふくんだ声で言った。

「東京の若い人たちに言ってやってるのよ、私には京都にすてきなボーイフレンドがいるって」

大通りに出て、タクシーを拾おうと立ち止まった。

「バスで帰るわ、タクシーなどめったに乗ったことがないから」

そう言うのを、寒いし、バスは何時来るかわからないからと説得した。

タクシーが来た。

「どうか気を付けてお帰り下さい」

そう気遣う私にむかって、八十二歳のガールフレンドは、

「人生はこれからよ」

そう言い残すと、車中に消えた。それが私の見た久保さんの最後の姿だった。

（「みすず」二〇〇二年十二月）

志津

おとぎり草という植物がある。ものの本によれば高さ五、六十センチ、葉に小さな黒点があり、七月から八月にかけて茎の先に小さな黄色い花をつける。小連翹などと漢字を当てられることがあるのは花の形状が似ているからであろう。

茎や葉をもむと傷薬になる。とくに鳥類の怪我に効くという。「伝説によると、花山天皇の時代（十世紀）に、晴頼というすぐれた鷹匠がいて、タカが負傷すると秘密の草を用いて傷をなおした。その秘密を彼の弟が仲間にもらしたので、彼は怒って弟を斬り殺してしまった。それ以来、秘密の草はオトギリソウとよばれて世に知られるようになったといわれている。」（春山行夫『ジャポニカ』）おとぎり草が弟切草などとも書かれるゆえんである。西洋では魔除けに用いられるそうな。

結実期に採集し乾燥させ、煎じ薬にすれば止血、神経痛、うがい薬にもなるという。この干したのを半年ほど焼酎に漬けておくと、きれいな赤褐色のおとぎり草の酒が出来る。梅焼酎のように砂糖を入れることもあるが、草からにじみ出るエキスだけで十分に甘い。わずかにほろ苦いその甘味はあっさりしていて、後に残らない。

その酒を、今年の六月に志津の旅館で土産にもらった。冷やしておいて毎晩すこしずつ飲む。

志津は、月山の中腹、六合目あたりに位置する部落である。正確には山形県西村山郡西川町志津。標高約千二百メートル。山形駅からバスで二時間あまり。京都からだと新幹線三時間、奥羽本線（在来線特急）五時間が加わり、計十時間ほどにもなる。

その志津へ、今年の六月はじめ、久しぶりに友人のウスダと行った。

今年の冬は雪が多かったので月山にはまだ雪がたくさん残っていて、夏スキーを楽しむ若者でにぎわっていた。東京ナンバーの車もある。冬は雪が深すぎて閉鎖する。春は、ここまで来なくても方々にスキーの出来る場所がある。かくて「夏スキー」というのが月山の宣伝の切り札となった。ここは温泉は出ない。

宿のまわりの雑木林にも薄汚れた雪が残っていた。人気のない道ばたの残雪の間や湿地に、半円筒状の葉にくるまれて水芭蕉の白い花がにょきりにょきりと咲いている。カッコウが鳴く。ウグイスがさえずる。

志津に来るのはこれで何度目だろう。前回からはすでに九年経っている。子供ふたりを連れてここへ来て、母の訃報に接したのが昭和五十年の八月である。それをふくめて四、五回、いや、もっと来ている。

記憶をこの際一度、整理しておかねばならない。

「オレが最初に月山に行ったのは何時だったかな」

車中、ウスダにたずねてみたが憶えていなかった。最初に連れて行ってくれたのは彼である。以来、行くときは何時も一緒だった。永年横浜に住むウスダは、わたしよりも度々行っている。彼自身、最初にひとりで行った年の記憶があやふやなのだ。

玄関の土間、いまは改築されてホールと呼ぶべきところに、奥さんが笑顔で出迎えてくれた。何時ごろからか眼鏡をかけるようになっている。ここの家族とは付き合いの深いウスダは、奥さんを「ミツコさん」と名で呼ぶ。主人は「カズエさん」である。

座敷に茶菓を運んで来たミツコさんに、早速たずねてみた。

「ぼくが最初にここへ来たの、何年でしたかね」

「さあ……。ウスダさんがはじめて見えたのが、伊勢湾台風のときでしたから……」

ミツコさんは東北訛りでしゃべる。慣れぬうちはかろうじてわかる程度である。友人の名も彼女の発音だと「ウスダ」と聞こえる。だからそう書いている。

「伊勢湾台風は昭和三十六年だから」とウスダが言った。よく憶えているなと感心したが、後で調べてみたら三十四年だった。

「わたしが瓦屋さんへ行こうとしていたら、ウスダさんが来られたのを憶えているから」

ウスダがはじめて来たのが昭和三十四年なら、わたしが来たのはその翌年か翌々年だろう。当時、東京の出版社に勤めていたウスダが「つたや旅館」の宣伝用パンフレットの作成を引き受け、それに何か書くよう求められたことがある。

最初のときも五月末か六月はじめで、上野駅から夜行列車で行った。混んでいて坐れなかった。発車間際まで二人で飲んでいたのだ。通路に空気マットを敷いて交互に寝た。座席の下に新聞紙を敷き、そこに体を押し込みもした。それが異様に思えぬ時代だった。

つたや旅館は、そのころはまだ昔のままの古い木造の建物だった。靴を脱いで上がるとすぐに、囲炉裏を切った部屋があった。そのそばにあぐらをかき、串に刺したニジマスの焼けるのを待ちながら、開け放たれた戸口から見える山の春の鮮やかな色彩を、わたしはまどろみかける意識のうちにしっかりとどめようとした。炉端にすわっていたのは現在の主人のカズエさんではなく、父親のおじいちゃんの方であったか。まだひとりは赤ん坊だった幼い姉妹は、いまはともに結婚して志津を離れた。

「ちょっとカズエさんに挨拶して来るわ」

そういってウスダが立ち上がり座敷を出た。すこし遅れてわたしも奥の茶の間へ足を運んだ。

中央に電気ごたつが置かれ、どてら姿のカズエさんとおばあちゃん（カズエさんの母親）が並んですわっていた。カズエさんの頭髪が立っていて、目のほそい顔が昼間のミミズクのように見えた。ずんぐり太ったおばあちゃんと並んでいるところは、さしずめミミズクの親子である。

部屋に入って行く気配に、カズエさんの顔が頼りなげにわたしの横四、五十センチのところに向けられた。

「ヤマダです、しばらくでした」

すこし声を大きくして挨拶すると、顔がやっとわたしの方に向けられた。

「遠いところを」

このまえ来たときは黒めがねをかけていた。いまははずしている。何も知らない人が見れば、細くはあるが健康人の目である。そのごく普通の二つのひとみがわたしに向けられていて、しかし実は何も見えていない。

病のはじまりは何時だったか。何度目かに、勤めを辞めたウスダがやって来たとき（昭和四十二年ごろ）、すでにカズエさんの視力はかなり落ち、口の中や舌にぶつぶつが出来ていた。ウスダが東京の病院に連れて行き専門医に診せた。典型的なベーチェット病だった。

その後、視力は衰える一方で、このまえ来たときはまだかすかに見えていたのが、今では完全な失明状態にある。

ベーチェット病と判明したとき、ウスダをはじめ周囲の人たちが何か技術を、たとえば按摩でも習うようにとすすめたが彼はうけいれなかった。だからいまも点字すらできない。

「はじめてここに来てから二十年以上になりますよ」

「ほう、そんなになるかのう」
カズエさんはこたつの台の上の煙草盆を手さぐりで確かめ、たばこの灰を落とす。一日中、何もせず、おばあちゃんとこたつに入って煙草ばかり吸っている。これが五十なかばをすぎたカズエさんの日課である。

入浴後まもなく夕食の膳が運ばれてきた。客は他に一組あるだけで、のんびりしている。スキー客はみな頂上ちかくの山荘の方に泊まるのである。そちらは長男夫婦に任せてある。

酒を飲みながら、過去に志津を訪れたときのことを思いだそうとしたが、きれぎれでいっこうに順序立たない。たしか二度スキーをした。ある年は、ほかの友人を何人か誘ってやって来た。ここの長男のヤスヒコ君の結婚式にも来た。春スキーは何年だったか。

酒がつぎつぎと運ばれてくる。五本ずつ運ばれて、それがちょうど空になった頃、タイミングよくつぎの五本が運ばれてくる。酒は地酒の一声《ひとこえ》である。
「すこしお酌しましょ」

肉づきのよいミツコさんは窮屈そうに横ずわりにすわる。

「ヤスヒコ君の結婚は何年でしたかね」

「五十年十一月」

明快な答えがかえって来た。

「えっ、そうか。そうすると……。で、ここの改築の披露宴は？」

「その翌年の四月です」

「すると五十一年か。あのときですね、ぼくが息子を連れて来たのは」

「ええ。ウスダさんも男の子を連れて」

では、わたしが志津へ来るのは九年ぶりでなく、八年ぶりなのだ。わたしは昭和五十年八月以来、いちども来ていないと思いこんでいたのだった。だが実はそのわずか三カ月後の十一月に、またはるばる出かけている。……

秋に志津を訪れたのはそれがはじめてだった。結婚式は山形のホテルでおこなわれたが、ウスダとわたしは二日前に志津を訪れ、月山の秋をたのしんだのだった。結婚式を目前に控えたヤスヒコ君が、車でわれわれを湯殿山や鶴岡までも連れて行ってくれた。彼はその年の春、東京の大学を卒業したばかりで、新婦も東京の女性だった。

こんな山奥の生活に耐えられるだろうか、とウスダもわたしも案じたものだ。しかしみごとに耐えぬき、いまは二児をかかえ、山荘の客の世話に忙しい。

「あら、いらっしゃい。ちっとも変ってられませんね」

たまたま志津に下りて来ていたアキコさんがわたしの顔を見て言った。「ちっとも変っていない」のは先方である。若々しく、潑剌としている。しあわせそうだ。

山形のホテルでの披露宴のあと、午後おそく志津へ引きあげる一行にわれわれもつよく誘われたのだった。山で、もういちど宴会がある。しかし遠慮した。正確にいうと、延々と続くであろう酒盛りに怖じ気づいたのである。山形の市内に宿をとり、夜、ウスダとふたりで飲み屋を探して街を歩きまわったことを思い出す。

わたしが中学二年の息子を連れて志津を訪れたのは、その翌年の四月のはじめである。八月から数えて、半年あまりの間に三度もやって来たことになる。着いて間もなく京都に引き返さねばならなかった前年の夏の埋め合わせを子供にしてやりたい、と思ったのだった。それを考えついたのは、ウスダの方であったか。

そのとき、彼がわたしの息子の相手にと連れて来たのは、知人の子供であった。ウスダはずっと独身である。上野駅のプラットホームで、彼と親しげに言葉をかわしていた見送りの母親の、信頼しきった様子を思い出す。はじめて親元を離れて旅をするらしいその小学生の男の子は、いかにも現代の都会っ子らしく人見知りせず、プラットホームの母親を忘れたように発車まぎわまでマンガ本を読みふけっていて、わたしをあきれさせ、また安心させもした。しかし、駅弁を食べて間もなく吐いた。いっこうに苦しそうにも見えず、突然、食べたものを全部、座席で吐いたのにはおどろいた。しばらくして、のどがかわくというのでジュースを飲ませたら、それも吐いた。まるで吐くために食い、吐くために飲んでいるようであった。ウスダはすこしもあわてず、イヤな顔もみせずに汚物の始末をし、子供を慰めた。

「春スキーのときが、ちょうどここの改築披露のときでしたか」

「そうそう」

「きみが連れて来たあの子……何ていったかな」

「忘れた」

とウスダは意外にそっけない。

「あのとき、二階の大広間で宴会があって、子供たちの席はもうけてなくてね」

「そうでしたね。それで下でカレーライスか何かつくってもらって」

ミツコさんの記憶力はたしかである。まだいろいろと聞き出しておかねばならない。

「ほかに、どんなときに来ましたかね」

「そうね……」と彼女は真剣な表情になって考えこむ。

「そうそう。あれは何時だったかしら。昭和四十四年ごろかな。役所のひとがアンケートに来たことがあった」

記憶がよみがえるにつれ、彼女の顔に笑みがひろがっていく。

「役場のひとが、このへんの旅館に泊まっているお客さんに、月山のどこがいいかってアンケートをしたの。宣伝のための資料にしようと思って。そしたら、山田さんは、〝わたしは月山なんかどうでもいい。志津のつたやが気に入っているのです〟って答えてくれて。とてもうれしかった。ちょうど、役場とすこしよくないときだったから」

「へえ、そんなリッパなこと言いましたか」

とわたしはおどろく。そういえばそんなことがあったような記憶が酔の底におぼろげな影のようにちらつく。

「きみも、むかしは多少はマシなこと言うてたんやな」

酒が入ると大阪育ちのウスダは大阪弁になる。

「いや、いまでも、オレは月山に来てるんでなく、志津に来てるんや。つたやに来てるんや」

そう口にして、あらためて志津との縁を感じる。

しばらく沈黙がおとずれる。肌寒くなり、わたしはセーターの上に羽織を着る。

「寒い？　ストーブつけましょうか」

「いいえ、けっこうです」

「お酒、もっと熱いの持って来ます」

「ところで、あのコバヤシ君はずっとここに」

ウスダが話題を変えた。コバヤシ君というのは、来しなにわれわれをバスの途中の月山登り口まで車で迎えに来てくれた青年である。ウスダは一昨年の夏ひとりで来たときに、すでに知り合っていた。口数のすくない、頬ぺたのあかい若者である。

「ええ。好きなひとができてね。結婚するまでここで働かせてほしいと」

「どんなひと？」

ウスダが身を乗り出す。

「女子短大の学生で。あら、さっきビール持って来たんじゃなかったかな」

「いや、知らん。そんな若いこ、見てない」

「きみはまだ風呂から戻って来てなかったよ」

「じゃ、あとで何か持って来させます」

ミツコさんが笑いながら言い、食卓の上の空になった皿を片付けて立ち上がった。

「お酒は、まだありますか？　今日はあまり飲まないのね」

「いや、もうたっぷり飲みました」

そう答えても彼女は信用しない。

ミツコさんが座敷を出てしばらくして、「失礼します」と声をかけて若い女性が盆をささげて入って来た。さっきの娘とはちがう。もっと年上である。ウスダがすばやくわたしの方へ視線を向け、これか？　と目顔でたずねる。

皿はウドとワカメの酢のもの、コゴミのおひたしなど、山菜料理である。

彼女が一杯だけお酌して、立ち去ろうとすると、

「どうです、あなたも」

とウスダが呼びとめた。

「わたし、飲めませんの」

と彼女はことわり、

「お酒、もうすこしお持ちしましょうか」

とたずねる。ことばに東北訛りがない。

「じゃ、あと三本」

とウスダが応じ、彼女の顔とわたしの顔を見くらべながら口ごもる。

「……あなたが……その、コバヤシ君の……」

何のことか、といった表情で見返されて、ウスダはしどろもどろになり、

「いや、あの、さっき電話に出たのは、あなたではなかった？」

「ええ、あれはほかのひとです」

「いや、べつに何でもないんで……」

ウスダの当惑ぶりをわたしは笑いを嚙み殺しながらながめている。

しばらくすると、こんどはミツコさんが酒をもって来た。三本といったのに盆には五本のっている。

「さっきの女性、あれは？」

「ノザワさんといって、また別のひと。コバヤシ君の彼女はもう帰ってしまった」

「なかなか美人ですね。あれ、なにもの」

「岡山のひとでね、もと看護婦だったって。この前からここで働いてくれてるの」

「独身？　ちょっと年がいってるみたいやけど」

「恋人がいるの」

おあいにくさま、といった顔でミツコさんは笑った。

「結婚してくれっていわれているけど、七つも年下だもんだからどうしようかと迷ってるみたい」

「えっ、七つ下、そうすると相手は……」

「まだ学生さん」

「そらアカン」

「そいじゃ、ウスダさんにどうかしら」

ミツコさんの目が眼鏡の奥で笑っている。

「いや、ぼくはチカコちゃんでないとアカン。はよ離婚して戻って来んかと待ってますんや」

「あらまあ」

たまりかねてミツコさんは手で口もとを覆った。

チカコちゃんというのはこの家の末娘で、幼いころからウスダがとくに可愛がり、彼女の方もなついていたのだった。大きくなってから彼が志津に来ると、よく身のまわりの世話をした。彼も気がねなく振舞っていたようだ。彼女が上京したおりには、宿の世話をはじめいろいろと面倒をみた。そのチカコちゃんも二、三年前に近県の港町のかまぼこ屋に嫁いで志津を去った。披露宴にはわたしも招かれたが都合が悪く行けず、ウスダひとりが出席した。

「ウスダさんのお嫁さんのこと、どうなっているのかねえ」

ミツコさんがいくらかは本気でわたしにたずねる。

「アフリカに隠し妻がいるそうで」

「まあ、そう」

ミツコさんはホホホ……と笑う。ウスダは勤めを辞めた後、二度アフリカに行った。二度ともおなじ国である。

「じつはアフリカに女房がいるんや」

酔うと、ときどき彼はこんなことを口走る。

「あのひととは、うまくいかなかったのね、ほら、いつか連れて来た娘さん」

「ああ、あれは最初からそんなつもりなかったんや」

何時のことだか――もう十数年も前のこと、いちどウスダが若い娘同伴で志津を訪れたことがあった。それはこの志田家にとって一大事件であった。

「ウスダさん、いよいよ結婚するのねって、チカコと言ってたの。ウスダさん、ああいうひとがいいのかねって」

「いや、ただ、月山の話したら、いちど行ってみたい言うから連れて来てやっただけで」

「そうかしら」

その夜ウスダは、二つの蒲団をひっつけて敷いたといってチカコちゃんを叱ったということ。

「チカコがおこってましたよ。ウスダさんはあの女のひとに冷たいって。なぜ、もっと優しくしてあげないんだろって」

「先方が誤解したらいかん思うて。……あとで長い手紙が来て、ぼくも長い返事を書いて、それでしまいですわ、はあ」

「そう」

ミツコさんは笑っていない。

ひきさがったミツコさんが、しばらくしてまた現れた。口もとに笑みをうかべている。

「ノザワさんがヤマダ先生に質問があるって」

「どんな質問」

「さあ……」

ミツコさんはどうやら知っているようだ。

三年ほど前、わたしの『コーマルタン界隈』がある賞を受賞したのを知ってここの人たちが読みたがり、目の不自由なカズエさんのためにウスダがテープに吹き込み、本といっしょに送った。その本をノザワさんが読んで、作者にたずねたいことがあるという。

「いま、あのひとを呼んでくるから」

ミツコさんの微笑が意味ありげで不安である。

やがてノザワさんがひとりでやって来た。

「なにか質問があるって?」

なるべくくだけた口調で話しかける。

「質問ってほどのことでもありませんが」

食卓のむこうに正座したノザワさんは、きまり悪そうにうつ向いて笑う。

「ぼくの本、読んでくださったそうで……」

「はい、とてもおもしろくて。読みやすいし……」

「いや、どうも」

照れるのはわたしの方である。

「で、質問というのは」

とウスダが野次馬の声でうながす。

「……あんなとき、男のひとって、実際はどうなのかと……」

「あんなとき」とは、売春婦とポルノ映画館の街にひとりで住んでいるとき、という意味だ。もっと具体的には、「犬を連れた女」のような状況をさしている。

「いやぁ、するどい」

ウスダが嘆声を発する。

「その点、ぼくも知りたい」

思いもよらぬ質問に、わたしはたじろぐ。

「さあ、実際はどうなのかな……」

言葉をにごしながら、わたしは当時の生活環境と小説のなかで描いた情景を思いうかべようとつとめる。主人公の「私」が女と寝てもおかしくない、いや、むしろその方が自然な状況に身をおく。しかしあえてそのようには描かなかった。そのあたりの作者の工夫を、どのように説明したらいいか。

「一般論として、女と寝るのが普通でしょうね。でも、そう書くとありきたりな話になるから」

ウスダの耳を意識しながら、慎重に言葉を選んでわたしはしゃべる。

「読者としては、やっぱり寝てほしい？」

逆襲に転じると、ノザワさんは「そうですね」と意外に素直に応じた。なかなか度胸がすわっている。やはり看護婦をしていたからだろうか。

彼女がひきあげた後、われわれは残りの酒を飲みながら、ノザワさんなる女性の品評をおこなったが、何を喋ったか憶えていない。わたしの頭には彼女の質問がクモの糸のようにからみついて、そのことばかり考えていたようだ。

夜が更けた。喋り疲れ、飲み疲れ、そろそろ寝ようかと言っているところへ、ノザワさんがさきほどの会話などなかったような澄ました顔で、盆に白磁の高盃を二つ捧げもってしずしずと入って来た。酔眼に一瞬、幻を見る思いがした。わたしとウスダは同時に吹き出した。

「いや、お神酒を供えられるような気がしてね」

「まだ早い」

盃にはなみなみと赤褐色の液体が入っていた。

「これがおとぎり草の酒や」

なつかしそうにウスダが言う。彼は以前にここのおばあちゃんから作り方を習い、干草をもらって帰り自分でこしらえたことがあった。

蒲団は自分たちで敷くからとことわると、ノザワさんは「おやすみなさい」と言って出て行った。

おとぎり草の酒は最初は甘すぎるように感じられ、しかし慣れるにつれ次第に甘味は消えて草の苦みが口に残る。その強い酒は、この回想の一夜を締めくくる寝酒としてふさわしかった。

飲みほすとあわただしく蒲団を敷き、競うように寝た。灯りを消すと同時にふたりとも眠りにおちた。

はじめのうちはなかなか減らなかったおとぎり草の酒は、半ばをすぎると急速に減っていった。毎晩、小さなグラスのなかの美しい赤褐色の液体をみつめながら、わたしは志津についてのとりとめない想いにしばしふけった。

酒が減って、あと指一本となったところで飲むのをやめた。ほとんど空になってばかでかく見えはじめた瓶は据りがわるくなり、冷蔵庫の扉の開け閉めに棚の上でゆれた。飲みほそうかと手をのばしてはためらう。よく見ると底に、小さな葉が黒く澱のように沈んでいた。

あの異常に暑かった夏（山形で三十七度に達したのを憶えている）、母は風邪で寝込んだ。近所の医者の診断では、慢性の気管支炎ということであった。熱は高くないが、しつこい咳がつづいた。その咳と暑さで八十三歳の母は衰弱した。それでもまだ、近くの医者までひとりで行けるほどであったが。

わたしは志津行を中止しようかと最後までためらっていた。しかし、そのときはウスダのほかに大阪からも出かける友達があった。やはり子供連れで、京都駅で落ち合う手はずになっていた。それにわたしは母の容態について、まだしばらくは大丈夫だろうと楽観していたのである。母も、折角だから行くようにすすめた。

出発の日の朝、挨拶に行くと、母は仰向きに寝たまま弱々しい声で「それでは気をつけてね」と言ってわたしを見上げた。母は最後の別れを告げていたのだ。それに気付かずに月山くんだりまで出かけるとは、なんという息子であろう。

二日目の朝、わたしは山荘の外に立ってすがすがしい外気を吸っていた。電話がかかって来てウスダが出た。彼の口から母の死を告げられ、ああと声にならぬ叫びを発してその場にうずくまりそうになったあのおそろしい一瞬のことを、わたしは繰り返し思い出す。

あわただしい出発。もう手遅れなのに。帰りの旅の長かったこと。お盆休み帰りの人で汽車は通路もふさがるほどの混みようだった。はじめて行ったときにしたように、床に新聞紙を敷いて子供たちをすわらせた。人目もかまわず、わたしもへたり込むように腰をおろした。母とは何度も会っているウスダが付添うように同行してくれていた。みんなおし黙っていた。悲しみにもかかわらず空腹をおぼえ、それが恥ずかしくまた悲しく、わたしは顔を伏せ、駅弁の冷たい飯の上に涙をこぼした。

それ以来、志津へ発とうとすると、怯えのようなものが一瞬胸をかすめる。留守中に、また何か不幸が生じるのではないか。……

おとぎり草の酒には葉の薬効とはべつに、思いを過去へ引きもどす妖しい力でもあるのか。

透きとおる赤褐色の液体の最後のひとくちを口にふくみ、ほろ苦い甘さに名残りを惜しみつつ、わたしの思いはとどめようもなくあの夏へと立ちかえっていく。

ウスダは志津に何を思うのであろう。

（「VIKING」四〇七号・一九八四年十一月）

*

松川へ

松原新一の長篇評論「怠惰の逆説――広津和郎の人生と文学」(「群像」'97年十一月号)を懐しい思いで読んだ。広津和郎は私が二十代に愛読し影響を受けた作家のひとりである。いかにも時代離れのしたこの評論の題、とくに副題、論のすすめ方、文体などによって、私は四十年も五十年もむかしに連れもどされるような気分におちいった。

この評論のはじめに松原新一は、九五年十二月に松川事件の元被告のひとり本田昇に会って、広津和郎の松川事件とのかかわり方について訊ねた話を紹介している。本田昇は同事件の一審、二審で死刑の判決をうけ、後に無罪となった人である。その無罪をかちとるために尽力した広津和郎は、いわば命の恩人にあたる。ところが晩年の広津は、松川事件とのかかわり方について「結局、ゼロだよ」と洩らした。そんなことはないでしょうと言う本田にむかって「いや、僕にとっては、ゼロだよ」と繰り返したという。

このくだりを読んで私は、最高裁で全員無罪の判決が出た日、広津がそれを祝う場に姿を見せず、ひとり自宅にこもっていたというエピソードを思い出した。若いころ、十九世紀末ロシアのニヒリスト作家の作品につよい影響を受けた広津和郎には、一貫して虚無的な思想が流れている。それは父柳浪の人生観から受けた影響とも重なるだろう。

さて、これから書くのは広津和郎論でも、松原新一の評論についての感想でもない。この評論のよびおこしたある種の懐旧の情、そのなかにまだらに浮かび上ってきた松川事件と自分とのかかわりの記憶、いわば松川事件にまつわる私的回想、そのかけらにすぎない。

一九五二年（昭和二十七）三月はじめに、私は松川へ行った。

松川事件が起った一九四九年八月、私は京大文学部の一回生であった。一回生といっても、その年の入試は学制改革のため遅れて六月初旬におこなわれ、七月一日に入学式、翌日から夏休みという変則な状態だった。したがって私たちは、いわば入学浪人のような宙ぶらりんの立場におかれていた。その奇妙な夏休みの最中の八月十七日未明、福島市の南の松川と金谷川の中間で青森発上野行列車が転覆し、機関手と助手三名、計四人が機関車の下敷きになって死亡した。これが松川事件である。

当時は国鉄労組による首切り反対闘争がくりひろげられていた。前月の七月に起った下山事件、三鷹事件はこの反対闘争と関連づけられ、組合の指導者たちが相ついで逮捕された。

松川事件でも同様だった。ただちに国鉄および東芝の労組の活動家二十名が犯行容疑で逮捕され、物的証拠のないまま自白のみによって一審判決では死刑五名、無期懲役五名その他の有罪判決が下された。これを不服とした被告側の申立てによって裁判はやり直しとなり、一九五一年から五二年にかけて第二審の審理がおこなわれた。世間の一部では、これは下山、三鷹の事件同様、共産党勢力のつよい国鉄労組を潰滅させるために仕組まれたＣＩＡによる謀略ではないか、といわれていた。

そこで検察側の主張を検証し謀略説を裏づけるべく、国民救援会という共産党系の組織の提唱で、松川事件調査団が派遣されることになったのである。

一九五二年二月のある日、三回生になっていた私は文学部の建物の近くで、顔見知りの京大細胞の学生から松川に行かないかと誘われ、行こうと応じた。当時松川事件に関心をいだいていたのである。

だが松川に行くには金が要る。カンパ活動をしなくてはならない。そこで翌日の昼食時に西部構内の学生食堂にカンパ用の紙箱をもって出かけた。なにしろはじめての体験なので戸惑った。当時はまだハンドマイクなど普及しておらず、私の小さな声は場内の喧騒に掻消された。するとそのとき、そばに立っていたおそらくは党員の学生が大声であたりを静めて私の活動をたすけてくれた。

学生カンパのつぎは教授たちだった。まず桑原さんのところへ行った。当時、人文科学研究所にいた桑原武夫教授は「第二芸術」論などによって論壇で名を知られていたが、文学部で文学概論の講義を担当していて私は熱心な受講生であった。文学や政治の問題についてざっくばらんにしゃべってくれる桑原さんの気さくな人柄、またいわゆる進歩的思想にも私は惹かれていた。湯川秀樹、朝永振一郎らの平和問題懇談会のメンバーでもあり、松川事件についてもつよい関心をいだいているはずで、私の目には、もっともカンパを要請しやすい教授にうつった。

当時、人文研西洋部はまだ京大本部構内の、西門の坂を上って少し行った左手にある古い木造二階建の建物の二階にあった。そこに桑原さんを訪れて松川行きの趣旨を説明しカンパを求めると、桑原さんは例の鼻声のざっくばらんな口調でこう訊ねた。

「伊吹さんとこに行ったか」

いいえと答えると桑原さんは、

「仏文の学生なら、まず伊吹さんとこに行くべきや」

と諭すように言った。当時は伊吹武彦さんが仏文科の主任教授だった。

なおもじもじしながら立っている私の方を、何か思惑ありげな笑みをたたえた表情でながめて桑原さんは穏やかな口調で繰り返した。

「ま、伊吹さんとこに行ってごらん」

私は楽勝気分を挫かれた思いで研究室を出た。桑原さんの真意がもひとつ測りかねた。主任教授の態度を気にするなんて、あの人らしくない。

伊吹さんのもとを訪れるのは気が重かった。まず主任教授に、というのは儀礼上のことかもしれない。しかし伊吹さんに断られたらどうなるのだろう。伊吹さんは政治問題だけでなく、万事にわたってきわめて慎重な人だった。「反動的」ではないが、政治や学生運動などには関りたくない、「中立」でいたいという態度があきらかだった。コンパの席でも文学や政治の議論は嫌いで、二次会には付き合わず、さっと姿を消す。その点、桑原さんとは対照的だった。

私のカンパの要請にたいし、伊吹さんは最初きょとんとした顔をした。それは芝居ではなく、まさかきみが、と真におどろいているように見えた。私は学生運動の活動家ではなく、伊吹さんの仏文演習に精勤に出席しているマジメな学生と見られていたのである。伊吹さんとしては虚を突かれた思いだったのであろう。

伊吹さんはちょっと首をかしげ思案する仕ぐさを見せた後、何もたずねずに上着の内ポケットに手をやり札入れから百円札を五枚とりだすと、「それではこれを」と言って眼鏡ごしに微笑に細めた目で私を見た。

断られるかもしれぬと半ば覚悟していた私は、すべてがうまく運んだことにむしろ拍子ぬけした感じをいだいた。後になって私は何度も、金を差出すさい伊吹さんの顔にうかんだかすかな微笑を思い出した。あれもまた、内心を包み隠すあの人特有の表情、いわゆる伊吹スマイルのひとつだったのか。ま、面倒な議論はやめにしてこれでお引取りを、というつもりだったのか。それとも、あの人でも心のうちでは松川事件に疑いを抱いていて、松川へおもむこうとする私を暗に励ましてくれていたのか。

この後で、私はまるで鬼の首でも取った気分で足取りも軽くふたたび人文研に桑原さんを訊ねた。

「伊吹先生とこに行って来ました」

と声を弾ませる私に、桑原さんは「カンパもらえたか」とたずね、ええと答えると、ほうといった顔でさらに、

「なんぼくれた」

「五百円いただきました」

「そんなら私も五百円あげよう。伊吹さんより多かったらわるいしな」

と、いたずらっぽい笑みを浮かべ、金を手渡してからだしぬけに、

「きみは党員か」と訊ねた。

「いいえ。シンパですが党員ではありません」

と答えると、桑原さんはうんと軽くうなずき、松川からもどったら一度報告に来るようにと付け加えた。

仏文関係ではもう一人、生島遼一教授が残っていた。しかし教養部まで足を運ぶのは気が重かった。貴公子然とした生島さんは伊吹さんとは違った意味で、私にはやはりカンパを要請しにくい相手だったのである。

最後に、私は誰かにすすめられて学園新聞社にカンパを求めに出かけ、ここでも五百円もらった。ただし、もどって来たら報告文を寄稿するという条件付きで。カンパはその原稿料の前渡しだったのである。

これらのカンパを合わせると千五百円、それに学生からのものを加えると、当時としてはかなりの額に達したはずである。ここで参考までに、一九五二年はじめころの物価のいくつかを示しておこう(週刊朝日編「戦後値段史年表」による)。

公務員の初任給が約七五〇〇円、岩波文庫(星一つ)が四〇円、京都の市電が一〇円、一九四九年度の国立大学の授業料が年間三六〇〇円、国鉄の大阪・新橋間の乗車券が六二〇円、コーヒーが三〇円。

松川行の準備はなんとかととのった。出発までに打合せの集りがもたれたはずだが、そのあたりの記憶は完全に脱け落ちている。ただひとつわかったのは、京大からは私のほかにイタリア文学の学生が一人参加することだった。ただしその男がどのようないきさつから参加するに至ったのか、費用の調達はどうしたのかなどは知らなかった。
こうして私は松川へ出発する。

「三月一日午後二時過ぎ、われわれ民間調査団の一行六名（中五名学生）は福島駅に降りた。東北の空はどんよりと灰色に曇っていた。予想にはんして街に雪はなかった」

先まわりになるが、学園新聞に寄稿した松川事件調査団参加の報告文を私は右のように始めている。だが、福島駅に降り立つまでのことを補っておかねばならない。

京都を発ったのは二月二十八日の夜。一行六名のうち、ひとりは労働者だったと思う。私以外の四人の学生のうち、思い出せるのは二人だけである。

ひとりは角帽をかぶった立命館大学の学生で、その角帽がこのような場では異様な印象をあたえた。

もうひとりは、さきに触れたイタリア文学専攻の学生だった。たしかイマムラといった。それまでに口をきいたこともない男であったが、会ってみれば見覚えがあった。血色のわるい痩せた顔に、驚愕に見開かれたような大きく飛び出た目玉。私はひそかに彼をバセドウ氏病とあだ名していたが、その、どこか突飛な風貌の男と、所もあろうにこの松川へ向かう駅頭で顔を合せることになろうとは予想だにしていなかったのである。

ふだんは飄々と風に吹かれてひとり歩いているその姿から、私が勝手に無口で近づきにくい男だと決めていたそのイマムラなる学生は、しかし意外に陽気で饒舌な男であることがわかった。その陽気さも饒舌もいささか度をこした感じであったが、それもこれも、松川へ向かう緊張、興奮のあらわれだと思うことにした。彼の話によると、彼はアナーキストだそうであった。それと松川行きとがどこでどう繋がっているのか、私はあえて訊ねることはひかえた。私としては、顔見知りが一人でもいるだけで十分だったのである。

これにくらべ、立命館の学生の方は無口だった。私より多分一つ二つ年上らしいその男の無口さを私は最初のうちイマムラとくらべ、沈着のしるしと頼母しく感じていたが、やがて次第に不安になってきた。彼もまた松川へ向かって緊張し、心細く、私たちを頼りにしているのではあるまいか。要するにこの、どこかかすかに貧乏ゆすりをしているような感じのおとなしい男は活動家どころか、私のように掻き集められてきたシンパのひとりにちがいない。そう考えると、彼の沈黙は人柄の重厚どころか小心のしるしと映り、自称アナーキストの躁状態とはまた別種の不安を掻き立てるのだった。

大阪発の夜行列車は混んでいて、かろうじて空席を二、三別々に取れただけで何人かは通路に坐り、途中、交代で席を替った。発車後しばらくして検札がすむと、イマムラは靴を脱いで座席のうえに立上った。何をするのかと見ていると、網棚の支柱の鉄棒につかまり、座席の背に足を掛けると器用によじ登った。そして荷物を押しのけてこしらえた狭い空間に細い体をすっぽりとおさめ、そのうえからオーバーをかぶって姿を隠した。同時に旅の中の彼の存在は、私の記憶からも消えてしまうのである。

翌朝、われわれ一行は上野で東北本線に乗継ぎ、午後二時すぎに福島駅に降り立った。

駅の近くに、国鉄労組福島支部の黒く煤けた木造の建物があった。東北の灰色の冬空に大きく赤旗がはためいていたか、それともだらりと垂れ下っていたか。忙しそうに動き回るいくつもの黒い人影。インターナショナルの合唱。——私の記憶の空白を他のどこかで見た情景、あるいは映画のなかのシーンが埋めていくのは如何ともしがたい。その建物の二階の大広間に、全国各地から参加した調査団の人たちが集められ、翌日の行動についての説明を聞いた。私たちは「現場検証」をおこなうことになっていた。

その夜、われわれ京都組は分宿した。私を泊めてくれたのは福島大学の学生だった。畑のなかの農具小屋のような一間だけの小さな家、いや家というよりも小屋と呼ぶにふさわしい下宿に彼は私を案内した。おそらく福島大学の学生細胞の一員、あるいはシンパらしいその学生は、ただ黙々と与えられた任務を遂行しているふうに見えた。裸電球がひとつぶら下る部屋の中央に、小さな囲炉裏のようなものが設けられていたような気がする。彼は一升びんから茶碗に酒（あるいは焼酎だったか）を注いで私に差し出した。私たちは火に当りながら冷たい酒を飲み、少ししゃべり、そして早々と寝た。

翌朝、本部に集合した一行はあらためて指示を聞き、松川事件の事故現場に向かって行進を開始した。皮靴で参加していた私は、貸してもらったゴム長に履きかえていた。ゴム長は私の足に大きすぎ、歩くのに難儀した。

一審判決によれば、実行犯のひとりとされる高橋被告は国鉄福島機関区を出発し、途中トンネルの山を越え、畑を横切り、土手を這いのぼるなどして三里あまりの道を一時間半ほどで現場に達した、とされている。それが検察側の主張でもあった。ところが高橋被告は数年前に事故で坐骨骨折の重傷を負い、事件当時はまだ歩行困難の状態にあったことが病院の診断書によって明らかになった。その診断書は一審では握りつぶされていたのである。

その雪に埋もれた道を、われわれは検察側の主張するとおりのコースにそって歩いた。二時間あまりを要した。

それ以後のことは、私自身の報告文に頼らざるをえない。「われわれは最終日刑務所で被告の一人々々と面会した。とくに重い肺結核に犯されている佐藤被告（一審死刑）とは別棟の面会室で会い、握手をかわし激励し合った」

ところで、その「最終日」とは二日目、つまり現場検証をおこなった日で、われわれはその日の午後、仙台刑務所を訪れたのだった。

その大切なひとときについて私は死刑囚佐藤被告と面会し「握手をかわし激励し合った」としか書いていないし、いまもそれ以上のことは思い出せない。ところが、すべてが終了した後で催された「松川事件調査団報告会」のことは、些細なディテールまでも憶えているのである。

その報告会では京都組からも誰かしゃべらなければならなくなった。突然のことに私たちは慌てた。誰も引受け手がない。時間は迫る。ジャンケンやくじで決めるわけにもいかず結局、最長年者の（といってもせいぜい一つか二つ上の）立命館大学の角帽学生に押しつけることにした。気の弱い彼には拒む勇気がなかった。

報告会の会場は、たしか仙台市内の小さな公会堂ふうの建物だった。床に敷かれたござのうえに、動員されてきた人たちが黙って坐りこんでいた。何人かの代表が勇ましくしゃべって、いよいよ私たちの順番が近づいてきた。するとわれらの代表が急に腹痛を訴えて便所に立った。なかなかもどって来ないので気が気でなく、ついに私は便所まで足を運び、戸の外から呼んだ。すると「すみません、誰か代ってください」と、哀れな声が返って来るではないか。こうして急遽、代役が私に回ってきたのである。

止むをえず私は演壇に立った。何をしゃべったか記憶にない。ただ最後に「誰が真犯人であるかわからない」といった意味のことをのべたような気がする。その意気上らぬ結論に聴衆は気を殺がれ、当然のことながら拍手にも熱がこもっていなかった。

あいつ、仮病をつかいやがって。——最初私はそう恨んだものだが、しかし今はちがう。あの学生はきっとひどい緊張から実際に腹痛におそわれ、便意をもよおしたのだ。結局、弱い（？）性格が彼を救うことになったのである。

報告会の後、私たちは夜行列車で東京に向かった。上野駅に、この調査団の責任者ともいうべき国民救援会のバスが迎えに来ていた。世話をしたのはコマツという女の人だった。このひとの名前を忘れずにいるのも不思議である。

そのバスでわれわれは狸穴《まみあな》にあるソ連大使館に運ばれ、「ベルリン陥落」という最新のソ連映画を見せてもらった。いま、キネマ旬報の増刊「ヨーロッパ映画作品全集」で調べてみると、この映画は一九四九年に製作され五二年に日本で公開されている。監督はミハイル・チアウレリ。三時間近い「芸術記録映画」で、音楽はドミトリー・ショスタコーヴィッチ。夜汽車の疲れにもかかわらず、私は引きこまれて見た。

松川からもどってしばらく経ったある日、私は報告のために人文研の桑原研究室を訪ねた。そのときまでに私は学園新聞への寄稿を済ませていて、その掲載紙を持参していたように思う。原稿用紙五枚ほどのその文章は「真実はだれも知らない」と題され、副題は「松川事件調査団に参加して」となっていた。その文章のおわりの方に「誰が真犯人であるかは知らない。しかしこのような裁判で労働者の生命が奪われてもいいのか」と私は書いている。

私の報告を聞きおわると桑原さんは「うん、ま、そうやろうな」と温厚な表情に目を細めた。報告の約束を忘れずに果したこと、調査の感想をイデオロギーで色付けせず率直にのべたことによって、桑原さんの信頼が少しは得られたように感じた。

ほの暗い記憶のなかを手探りしつつながながとここまで書いてきて、その筆の動きに誘い出されるように浮かんできたことがある。記憶は往々にして、書くという行為を媒介にしてよみがえるものだ。

松川から帰ってからの月日は波瀾にみちたものとなった。血のメーデー、破防法反対の連日のデモ、ストライキへの処分反対闘争、等々。それらを何とかくぐりぬけて卒論を仕上げ、学年末の試験で残りの単位を取り、私はやっと卒業にまでこぎつけることができた。

試験が終りに近づいたある日の午後、文学部地下の、いつも夜のように裸電球に陰気に照らされた学生控室の近くで、私はある事情通の学生に出会った。大変な不況期で、就職の求人申込みのビラなどほとんど出ていない掲示板の前に立って、誰それはコネで就職が決まったらしい、誰それは留年といった噂をしているうちに、ふと私は思い出し、イマムラはどうしているかと訊ねてみた。あの夜汽車のなかで網棚をハンモック代りにして外套の下に姿を隠して以来、私の記憶から消え失せていたあの自称アナーキスト(はたして松川までわれわれといっしょに行ったのか)は、いまどこで、どうしているか。たぶん留年だろうが、いずれにせよ、松川行きの仲間として彼のことがやはり心のどこかにひっかかっていたのだった。あのすっとん狂の風貌も懐しかった。

イマムラと聞いて最初ちょっと怪訝な表情を浮かべたその訳知りの学生にむかって、私は念をおした。

「ほら、いたやろ、あの目玉の飛び出た、けったいな、イタリア文学のやつ」

すると相手は笑いながら、

「ああ、あいつか」と応じてから、何ごとでもないようにこうつづけた。

「あいつなら自殺したらしいで。たしか分裂病とかで」

これを書いてからおよそ十年後の二〇〇八年の十二月に、京大会館で開かれた編集グループSURE主催のシンポジウム「竹内好が残したもの」に発言者の一人として招かれた私は、そのあと地下の食堂で催された交流会にも出席した。

会場に派手な色どりのセーターを着て毛糸で編んだ帽子で頭をすっぽり隠した、目玉の大きな異様な人物がいた。カメラを手にテーブルの間を歩きまわっているので何者だろうと見ていると、そのうち近づいて来て挨拶した。

「イマムラです。もうお忘れでしょうが」

「あっ、松川の……」

私は絶句した。


（「VIKING」五七四号・一九九八年十月）

＊「イマムラ」は今村忠生氏。熱心な「思想の科学」の会員で、元ハンセン病患者たちの帰る根拠地「交流の家」建設の先頭に立ったひとり。二〇一三年一月に自死。

楽しき逸脱——桑原武夫

応接間に通され、お見舞いの言葉を述べようとすると、

「ええ、ええ、上着をお取りなさい」

と先生は言われた。

七月はじめの暑い日の午後のことで上着など要らないのに、新調の夏服を着るいい機会とばかり、暑さをこらえ威儀を正して出かけたのだった。

そういう気の張り、身構えを一瞬にして見抜かれた思いで、同時に、あ、そうだ、これが桑原流だった、と楽な気分になって上着を脱ぎ、ソファの背に掛け、さて改めてお見舞いの言葉を述べるべく両手を膝に置くと、

「まあ、ここなら安全やろけどね」

と妙なことをおっしゃる。

「じつはこの前ある会で、脱いだ背広のポケットから金を盗まれた人がいてね」

しばらく前に何かの講習会が行われた。そのとき、講師に招かれた某氏が上着を脱いで係員風の若い男に渡した。やがてその上着が便所に投げ捨てられてあるのが発見された。財布から十何万円かが抜き取られていた。関係者にまぎれて入り込んだ者の仕業である。

結婚式の祝い金、葬式の香典などを狙うこの手の泥棒は珍しくない。しかし先生は微に入り細を穿ち、いかにも興味深そうに話される。

「常習犯でっせ。ま、こういうたら何やが、一回十何万、稼ぎとしては悪うないね」

私が上着を脱いでそばに置く、ただそれだけの動作が、しょっぱなからの脱線をひき起こしたのである。

場所柄、失礼かつ不適切な比喩であろうが、全快を祝う酒杯を捧げ持ったまま、ご当人のながながとしたスピーチを聞かされる、そんな気がふとした。

十数分つづいた話がやっと一段落ついたときになって、いささか気の抜けたお見舞いの言葉を、ああ、なんとヘタなと悔みつつ、とにかく献上奉ることができたのであった。

話の逸脱、脱線。普通、脱線とはある話題、テーマに沿って進行していた話が途中で他に逸れることをいうが、先生の場合は冒頭からの脱線とでも呼ぶべきであろうか。冒頭からの脱線というのはおかしな言い方だ。要するに線にのっかるまでに時間がかかるわけで、こういうのを何と名付ければいいか。

当時、京大人文科学研究所の西洋部の共同研究会は、毎週金曜日の午後二時から開かれることになっていた。その時間になると当日の研究発表者をはじめメンバーはすでに揃って、先生の来られるのを待っている。待ちながらの雑談もタネがつきて、やがて座は静まりかえる。研究報告者が次第にじれはじめるのがわかる。

「遅いですね」と誰かが呟く。

「山田君、もう始めますから言うて、桑原さん呼んで来てくれへんか」と助教授の河野健二さんが言う。

私は一階の研究室へ下りて行く。先生は来客と要談中であったり、「え、え、それで結構です」とせわしなく電話で応答中であったりする。

「先生、もう始まりますから」

「え、いま行きます」

それからさらに十分か十何分かしてやっとピースの缶、共同研究用カード、そしてときには「世界」か「中央公論」を手にして先生が急いで入って来られる。

「お待たせしました」

そして冒頭からの脱線がはじまる。総合雑誌の最新号についての感想、学術会議の内幕(先生は前日まで東京におられたのだ)、大学教授などよりも文部省の役人の方がよく勉強している、もっと進歩的である、云々。

それがひととおりすんでからやっと現実に戻ったかのごとく、はずしていた眼鏡をかけ直し、

「今日の報告は何でしたかな」と一座を見回わし、

「あ、それでは上山さん、どうぞ始めてください。——あ、ちょっと、悪いけど、山田君、何か昼めし注文してくれませんか。忙しうて、メシ食うひまものうて。え、何でもよろし。親子丼、ええ、それで結構です」

こうした形式にとらわれない、そのときの関心のおもむくままの話しぶりには先生

のお人柄がうかがわれ、何度思い返しても、また何度接しても、楽しい。

何事においても拘束を嫌われる先生は、何かの用談に入る場合、あるいは定められた主題についての対談を始める場合、その定められていることに窮屈を覚え、つい抗ってやろう、脱線してやろうというやんちゃごころを起こされるのではあるまいか。こんな勝手な推測をついしたくなる。

それとも、右のこととといくらか重なるように思うが、先生は旺盛な生命力の過剰分を、まず冒頭における「俗な」話への脱線によって放出してからでないと理論的・抽象的なこと、あるいは事務的なことを落ち着いて考えることができない、とでもいうのか。

先生のお話をうかがっていると、私は何時も生命力の旺盛さ、先生のお好きな表現を借りれば「ファイチング・スピリット」に圧倒される。ご病気のときでもそうである。

この旺盛な生命力が「俗な」、つまり人間的あるいは人生的な関心を育みつづけるのであろう。

かつて私は先生の『フランス印象記』の解説を書かせていただいた際、それを「人間のいる風景」と題した。どの旅の風景のなかにも、自然と同時につねに人間の姿がとらえられている。それと同様に先生の談話には、何が話題であっても話者だけでなく他の人間が顔をのぞかせ、いきいきと描き出される。その的確な描写は、的確さそのものによっておのずからユーモラスである。楽しい。笑った後で人間的に豊かになったような気が、何時も私はする。

さきに出た先生の対談集は『人間史観』と題されている。この題について、「あとがき」のなかで先生は「歴史をとらえるためには常に人間という観点が大切だ」という意味であると書いておられる。しかし「人間という観点」は「歴史」だけでなく「学問」全般に必要なのだ。

私はいま、自分が参加したフランス革命の共同研究の頃に思いを馳せているので、ついダントンの有名な文句が浮んできた。ダントンは、外国の反革命勢力がパリに迫ったときに、こうぶった。「祖国を救うためには大胆さが、もっと大胆さが、つねに大胆さが必要である。」これにならって言えば、「学問を救うためには、人間が、もっと人間が、つねに人間が必要である。」

先生の旺盛な人間的関心は、当然のことながら冒頭の脱線くらいでは満されず、

「本論」のなかにも持ち込まれる。先生とともにする共同研究の楽しさの秘密は、きっとここにあったのだ。人間的な要素によって「理論」のスキマを埋める、というよりもむしろ、理論構築のなかにゆとり、アソビをもうけていわば耐震性を付与する、多分そんなぐあいであったのであろうと、私は楽しき逸脱の数々を思い返しながら考える。

先生と対談された方々もまた、本題に入る前あるいは最中のこの脱線、ときには「これオフレコでっせ」の前置きとともになされる打ち明け話を、きっと大いに楽しまれたであろうと想像する（脱線の楽しさのわからぬような人は、先生の対談の相手からはずされたに違いない）。その種のものとして公けの記録から省かれる部分、いわば料亭の皿に盛られることのない、魚でいえば目玉のまわり、きもやわた、「形は悪いが、いちばんうまいところ」を、私は昔も今も惜しむ。かつてそのオフレコ部分を記録しておくことを提案したことさえあるが、オフレコを記録するの撞着どおり、今のところ実現されていないようだ。

このところ健康のすぐれぬ先生にお目にかかれる機会は、お見舞いの形を取りがちになる。そしてその都度、お見舞いの言葉が場ちがいに思われるほどの元気なお話をうかがう、それははじめに見たとおりである。見舞人は逆に病人から生命力をいくらか移しあたえられたような愉快な気分になって帰って行くことができた。

あるとき（八月なかばであったか）入院中の先生をお見舞いすると、先生は真新しい白いパジャマ姿でベッドに横たわっておられた。片方の鼻孔から細いビニール管が伸びて、枕元に吊るされた点滴装置を思わせるガラス容器につながっている。管は絆創膏状のもので頬に固定してあった。

「こんなマンガみたいな恰好きらいや、言うてますのよ」

付添いの奥さまがおっしゃった。

「これ、何や知ってるか」

先生の眼は、はや新知識披露の喜びに輝いている。

点滴装置状のガラス容器には、ミルクセーキのような色の液体が入っていた。

「エレメンタル・フードちゅうもんでな。宇宙食、知ってるやろ、えっ？　ま、あれの一種や」

これで先ず一本。

エレメンタル・フードなるものは白い粉で、その水溶液が管から胃に注ぎ込まれる。管は食道を通って、深く胃にまで達しているそうであった。

それなのに、その「マンガの恰好」のまま、いささかも意気沮喪のふりを見せず、先生は元気な声で話される。

これは完全食で、胃から直腸に達するまでにはほぼ百パーセント吸収される。これさえ摂っておけば他に何も要らない。このおかげで内臓の手術がうんと楽になった。

「えらいもんが出来たもんや」

「うちもこれから、これにしようかしら。楽でいいわ」

冗談ではない。一瞬、毎年正月の桑原家でのパーティーで、数々のすばらしいご馳走のかわりに管で「完全食」を摂取しているお歴々の、神妙な顔が浮んだ。

しかし、これを用いると、人によっては吐き気などの拒否反応を示すことがあるという。

「ぼくは、ま、鈍感というか、性質がええというのか、そういうことは全然ないがね」

それから先生は、入院中に得られたいくつかの「哲学的」省察を語られた。

病院の中では、誰もが患者として平等になる。街のおっさんにたいしても、たとえばアインシュタインのような人にたいしても、抗生物質なら抗生物質の効き目は同じである。偉い人や金持にはすこし余計に効くということはない。病院の中は、一種の社会主義社会である。……

ドアを開けて、若い看護婦が入って来た。二十になるかならぬかである。検温し、脈をはかり、便の有無（エレメンタル・ダイエットでもごく少量の便は出る）などをてきぱきと調べて出て行った。

「すこし年をとった看護婦はぼくをセンセイと呼ぶが、あんな若いこは〝おじいちゃん、おシッコ出たか〟、こんな調子や」

そうおっしゃりながらも、先生の表情は憤慨や不満のかげりもない。むしろ、患者として平等に扱われることの、いくぶんは諦めも混っているかもしれぬ満足感が、おだやかな微笑となってただよっているようであった。私にはその微笑が、その淡々とした語り口の方が、より「哲学的」に映った。

ふだんと変らぬ逸脱ぶりに先生の旺盛な生命力、どんな状況においても失われぬ人生への深い関心、楽天主義《オプチミズム》（おそらくは義務としての）を感じとり、最近不調つづきで滅入りがちな私は、このたびもまた鼓舞される思いであった。先生の回復はきっと早いと確信した。

帰りしなに、廊下のエレベーターのところまで送ってくださった奥さまが、私の確信を裏付けるかのように明るい声でおっしゃった。

「主人は、あんなフードはいやや。スズキの洗いが食べたい、なんて申してますのよ」


（『日本語考――桑原武夫対談集』（潮出版）巻頭エッセイ、一九八三年九月）

慈父のように

桑原武夫先生の危篤状態がつづいていたころ、田宮虎彦自殺のニュースを新聞で知った。七十六歳の老作家はマンションの十一階から身を投じたのだった。桑原先生が亡くなったのはその翌日のことなので、以後しばらくわたしはこの二つの死についてなにか運命的なものを感じながら、さまざまなことを考えずにはおられなかった。

わたしが学生のころ、先生が「田宮の虎公がね」といったどこか揶揄するような口調で、三高生のころの田宮虎彦の思い出話をされるのを何度か聞いた。ちょうど「足摺岬」や「絵本」などを発表して注目されていたころなので、その有名作家の名前を大学の先生がなれなれしく口にするのが珍しく、興味をひかれた。

昭和四年から六年まで、桑原先生が三高の講師をしておられたころ田宮虎彦もそこの学生で、文芸部員であった。文芸部の会合があり（先生は副部長だった）、部員がそれぞれ尊敬する文学者の名を挙げた。そのとき、ゲーテでもトルストイでも志賀直哉でもなく、中村正常の名を挙げて先生をおどろかせた一年生、それが田宮虎彦であった（ただし田宮虎彦によれば、そのとき彼は中村と並べて井伏鱒二の名も挙げたそうだ）。

わたしは中村正常という作家を全く知らない。中村メイコのお父さんと言われても、ピンとこない。しかし新潮社の日本文学辞典にはのっていて、ちょうどそのころユーモア作家として活躍していたことがわかる。その中村正常のような作家に自分はなりたい、と田宮少年は桑原先生に言った。そのときから田宮虎彦の存在をはっきり意識するようになったと先生は書いておられる（「人を知る明のない先輩」）。けったいな子がおるなあと内心あきれ、ま、あいつは作家にはなれまいと見限るような気持が、田宮についての先生の「はっきりした意識」のなかにまじっていたのではなかろうか。

こんな風にして三島由紀夫、野間宏らの小説家としての才を見ぬくことに失敗してきたことをみとめつつ、その「理由のせんさく」はさておき、「人間の才能の開花とは、いかなる過程をふむものか」を考えるくせがついた、と先生は書いておられるのである。

後になってそれを読んで、「田宮の虎公がね」といった先生の口ぐせを思い出した。その親愛と揶揄のいりまじった口調のなかには、たんに田宮虎彦の才能を見ぬけなかった口惜しさだけでなく、自分にはどうしても理解のおよばぬ精神の領域が存在することへの自覚の苦さがにじみ出ていたような気がした。

相国寺の東、塔ノ段藪ノ下町の先生のお宅にはじめてうかがったのは、大学卒業が間近にせまった昭和二十八年のたしか一月のことであった。わたしの友人で、先生もよくご存じの仏文科の学生が自殺をくわだて、そのことで相談に行ったのである。うかがったのは夜で、おそくまで話しこんでしまい、とうとう泊めていただくことになった。翌朝、食事の後で雑談しているとき、先生がたずねられた。

「ところで、きみは卒業したらどうするつもりや」

「夜間高校の英語の教師でもして、小説書くつもりです」

すると、先生はうんざりしたように苦笑をうかべられた。

「そら文学部の学生やったら、机のひきだしに小説の原稿の一つや二つ持ってるやろうけどね。……きみの小説読んだことないし、才能あるかどうか知りまへんで。そやけど、ま、いまの時代に小説で食うて行くちゅうのはねえ。……きみの家は何したはるの、つまりお父さんの仕事やな」

「父は死んで、いません」

「そんならなおさらや。……小説書くなとは言いまへんで。そやけどな……」

そのとき、きみの小説見せてごらん、と言われずによかったと思っている。それ以後、わたしは先生の前では自分の小説のことは喋らないことにした。

それから数年たって、わたしが「日本小説を読む会」で野間宏の『さいころの空』を報告したとき、その内容を伝え聞いた先生から、おもしろそうだから三十枚ほどの評論にまとめてみるようすすめられた。書き上げて研究室へ持って行くと、何日かたってからお宅へ呼ばれた。先生はわたしの原稿を持って現れ、「なかなかおもしろい」と前置きしてから、文章の添削にとりかかられた。

「……であるが、」の「が」は一体何か。

「……である。しかし」と論理を明確に示すべきである。ここは冗漫。これどういう意味や？　とくにどうという意味もないのなら削ろう。この一行もいらん。――この調子で悪い枝葉は刈り込まれ、見る見るうちに文章はひきしまり、論旨もいくらかは明快になっていくような気がした。文章を直すときの先生は、いかにも楽し気だった。

先生のとくに嫌われたのは「……であるように思われる」という表現で、日本の学者はよくこういう書き方をするが、これは責任回避の態度でよろしくない。すべからく「……であると思う」と書くべきだと、これはその後も何度も聞かされたことである。

こうして手を取るようにして教えていただいた文章の書き方の教訓が、後に評論家にも学者にもならなかったとはいえわたしのからだに深く滲みこんで、いまだに忘れられない。

その後、わたしは師に背く思いでこつこつと小説を書きつづけた。先生はもう忘れたかのようであった。それがむしろ思いやりと感じられ、ありがたかった。昭和四十三年に二度つづけてわたしが芥川賞候補に挙げられたとき、ある新聞記者が予定原稿の取材のため桑原先生に電話したところ、いわば競馬馬の一頭に選ばれただけのことに騒ぐこともない、と言われたという話を耳にした。なるほどそうだ、と思った。

それでも翌年、候補作品をふくむ小説集が出たとき、埴谷雄高氏とともに、帯の推薦の言葉を書いて下さったのだった。それからは、ときに「どうや、最近、小説書いてンの」とたずねられるようになった。そのどこか投げやりな口調に、学生時代にお宅で言われた言葉を思い出し、わたしは「はあ…」と肩をすぼめた。

先生は、それでもやはりわたしのことをずっと案じておられたのだ。『コーマルタン界隈』で昭和五十六年度の芸術選奨文部大臣賞を受賞したとき、早速電話を下さった。

「おめでとう。よかったよ、もらって本当によかったよ」という声のひびきには、深い安堵の気配が感じられた。その声を、わたしは慈父の声のように聞いた。


（「新潮」一九八八年七月号）

伊吹さん

あるとき古いスクラップブックをめくっていると、伊吹さんが現れた。羽織姿で腕組みをし、やや斜め下を向いて口もとをほころばせている上半身の写真で、説明文は「20年に及ぶ辞書づくりを振り返る伊吹武彦氏」。白水社から仏和大辞典が出た際のインタビュー記事である（京都新聞、一九八一年三月十一日付朝刊）。永年にわたる大仕事からやっと解放されて寛ぐ人の、しあわせな気分がこぼれ出ている、そんな笑顔である。

先生、お久しぶりです。

思わずそう声が出そうになった。

伊吹さんは一九六四年（昭和三十九）三月に京大を定年退官後さらに二つの大学で

教えはするが、この二十年間は他の四人の先生方と協同で仏和大辞典の編纂にかかりきりだった。

朝四時に起床、昼までの八時間をこの仕事にあて、その後一杯やる。

「伊吹は昼から酒を飲んでいるなんて言われましたが、四時から仕事をする私が昼に酒を飲むのは、九時に仕事を始めるサラリーマンが帰宅途中に一杯やるのと同じことですよね」

ところがこのペースが習慣となって、辞書が完成してからも元にもどらない。……昼酒で思い出した。あれは一九七〇年代のなかごろのことであっただろうか。当時、百万遍の近く、今出川通りと鞠小路とが交る角のところに「きもと」という飲み屋があった。定連が十名も坐るとカウンター席が一杯になる小さな店で、五十なかばのおかみさんがひとりでやっていた。昼には簡単な食事もできた。

ある日の昼さがり、私が入って行くと伊吹さんがいた。ワイシャツのうえからグレーのカーデガンを着て、他に客のいないカウンターに奥さんと並んで掛けていた。目の前に湯呑茶碗を置いて。

生白い顔がほんのりと染まっていた。

挨拶をして、邪魔にならぬよう離れた席に坐る私にむかって懐しそうに微笑み、「ここのおかみさんとは古くからの馴染みでね」と言った。

静かに飲みおわるとベレーをかぶり「お先に」と声をかけて出て行った。奥さんが丁重なお辞儀をして後につづいた。

おかみさんが言った。

「ときどき奥さんとご一緒にお昼にやって来やはって、ここに預けてあるお湯呑みに一杯だけ、お燗をしたお酒を飲んで帰らはるんですよ。奥さんはお目付役。お医者さんに一杯だけと言われてはるそうですわ。むかしはよう飲まはったけど……」

学制改革のため、新制大学第一回の授業が始まったのは一九四九年（昭和二十四）の九月だった。配られた時間割で仏語初級文法の担当が「伊吹」となっているのを見て、私は興奮した。『ボヴァリー夫人』の訳者、またサルトルの紹介者でもあるあの有名な先生から初級文法を習うのだ。

伊吹さんは宿酔で休講が多いそうだと、訳知り顔に言いふらす者がいた。だが実際はちがった。休講が多いどころか、ほとんどなかった。休講の多かったのは何年も前の三高時代のことだろう。

今年は普通なら一年かけるところを半年で終らねばならないのだ。宿酔で休んだりする暇はないはずだった。伊吹さんは最後の動詞の接続法の課まできっちり教えた。さすがだった。

伊吹さんの授業は朝一番、八時十分に始まった。教室は三高（当時はまだ残っていた）の正門を入って右手の、古い木造の四十番教室。百名ほども入れそうなその大教室に、文系の各学部のフランス語受講者がごった混ぜに入れられ、ざわめきながら待っていると、時間を五分ばかり過ぎたころ、眼鏡をかけ紺のベレー帽をかぶった背広姿の小柄な先生が足早に入って来た。そして早速授業にとりかかり、一時間五十分ひとりでしゃべって、またベレーをかぶってさっさと帰って行くのだった。時間が少し余ると、シャンソンを一曲歌ってくれることもあった。照れることなく、きれいな発音で歌った。これも授業の一部なのかもしれなかった。最初のとき、私たち新入生はあっけにとられ、拍手をすることも忘れていた。

大阪のある民間放送局の夜の番組で「唄うフランス語講座」というのがはじまったのは、それから二年ほどたってからだった。夜おそい時間だったと思う。シャンソンの歌詞を、その曲に合わせて伊吹さんがアドリブで解説するのである。

〈L'Orchestre《ロルケストル》 Hortensia《オルタンシア》, s'il《シル》 vous《ヴ》 plaît《プレ》 !〉（楽団オルタンシアの皆さん、どうぞ）このかけ声で曲がはじまるのだった。その声は弾み、舌は滑らかに、また鼻母音もいちだんとかろやかにひびいた。一杯やってきたな、などと私たちはうわさした。

この「講座」は好評で、毎週一回、足かけ七年もつづいたそうである。

シャンソンとともに伊吹さんの名はますますひろまった。何かの集まりで私が「京大の仏文です」と自己紹介すると、「あ、伊吹さんですね、シャンソンの」といわれたりした。何だか軽薄な感じで肩身のせまい思いをした。私はそのころはシャンソンでなく「インターナショナル」を歌う学生になっていたのである。

紺色のベレーをななめにかぶり、背広のポケットに左の片手をかるくかけ、薄い唇をへの字に結び、足早に歩く。小柄な体つきまで、何やらしゃれて見えた。

伊吹武彦に三つ年下の生島遼一、桑原武夫を加えた三人を、世間では「京大仏文の三羽烏」とよんだ。だがそのうち伊吹さんだけ羽の色がちがっていた。東大出というのもそのちがいのひとつだろう。

伊吹さんに『ベレー横町』と題する本があることは知っていた。そして読みもせぬのに、これほどぴったりの題はあるまいと勝手にきめていた。横町とはいうまでもなく横町の酒場である。

ところが「あとがき」を読んでみると、すこしちがっていた。

「専門のフランス文学を本通りとすれば、これはわざとそこをはずれたささやかな横町のおしゃべり集である」

酒とは関係がないのであった。たしかにこのなかには酒の話、酒席での逸話、失敗談などはほとんど出てこない。それは慎しみであり、また書き出したらきりがないからでもあろう。それでも「ベレー横町」と聞けば、横町の酒場を出入りする伊吹さんのベレー帽姿しか今でもうかんでこないのだが。

伊吹さんは学生が酔って声高に文学論、人生論のたぐいをたたかわすような〈不粋な〉店を避けた。横町の隠れ家的な小さな店をいくつか知っていて、ひとり静かに酒をたのしむのだった。ときには店の女にフランスの小咄を披露し、請われれば古いシャンソンを歌った。「巴里祭」、「巴里の屋根の下」。若いころ留学していたパリの日々に思いを馳せながら。

そのころ、つまり昭和二十年代のなかごろ、教室のコンパといえばたいていは牛肉屋の二階でのすき焼だった。主任教授の伊吹さんは毎回出席した。

会が終り店を出て、さて二次会はどこでと相談していると突然、伊吹さんがひとり足早に去って行く。やがて小走りになる。逃げた！　それ、つかまえろ、と学生が追いかける。

伊吹さんは意外と足が速かった。ある角をさっと曲る。後を追うがもういない。その姿はまるで夜闇に掻き消されたように見えなくなっていた。近くには逃げ込めるような酒場も喫茶店も見当らない。しもたや風の漬物屋がひっそりと暖簾をおろしているだけである。学生は狐につままれたような気分で引揚げるのだった。

『ベレー横町』によれば、伊吹さんは酒に酔うと突然走り出す癖があったらしい。それを遁走癖とよんでいる。中学生のとき体操はいつも丙だったのに、このときだけは速く走れると。

だが、じつはただ走るのではなく、逃げたくもあったのではないか。二次会で左翼学生に政治問題でからまれたりするのがいやで、緊急避難用に隠れ家を横町にいくつか用意していたのだ。

漬物屋の店の奥がとなりの酒屋とつながっていて、そこで飲めるようになっている、そんなからくりを私たちが発見したのは、かなり後になってからであった。

この『ベレー横町』については、三高生のとき伊吹さんにフランス語をならった「怠け学生」の富士正晴が書評のなかでつぎのように書いている。「往年の美少年三高生、美青年の三高教授も今は美老年京大教授となられたが、その文章はいかに重大切実な問題をとり扱う時も、軽快さと、柔かな機嫌の良さを忘れることがない」（読売新聞、一九五八年十月十八日）。

「実におもしろく拝見　小生に関する部分は冷汗三斗　近ごろは　声が向うから聞えるほど飲まず　さびしいです　少々はたしなみますが」

このように始まる細字の万年筆でしたためられた葉書が手もとに残っている。日付は一九七五年十一月十四日、仏和辞典の仕事の最中だっただろう。

短いエッセイのなかで伊吹さんのことに触れたので送った。

あるとき私が宿酔で朝の授業をする辛さをこぼすと、伊吹さんが悪戯っぽい微笑をうかべて「自分の声が教室の向うの方から聞こえてきますナ」と言った、ほぼそんな内容だったと思う。それにたいする礼状だった。
葉書はつぎのようにつづく。
「深瀬氏のこと　感無量　クマタカのおやじさんもなくなったとか　〝京の西部劇〟（深瀬氏の造語）も役者が変りました
いつかカステーラをごいっしょに食べますか
御礼」
クマタカ（熊鷹）は、千本中立売西入ルの五番町（遊廓）の入口にあった英文学者深瀬基寛さん行きつけの酒場。深瀬さんが亡くなったのはそれより十年ちかく前のことだが、私は拙文中で熊鷹での深瀬さんを懐しく偲んでいたのであろう。最後のカステーラ云々、これは何だろう。私が最近体調がよくないのでしばらく酒をひかえている、とでも書いたのか。
伊吹さんと「ごいっしょ」する「カステーラ」は、どんな味がしただろう。……懐しさがこみあげてきて私は葉書を何度も読みかえした。「近ごろは、声が向うから聞えるほど飲まず　さびしいです」とある。「声が向うから聞えるほど」、それはもう無理だろう。それでさびしい？

私は〝京の西部劇〟の役者のひとりであったドイツ文学者の大山定一さんの言葉を思い出した。晩年、飲めるだけ飲んでもう酒は飲めなく、また飲みたくもなくなったときの気持を大山さんは「さっぱりした」と形容していた。「さびしい」という伊吹さんはまだその域に達していない。まだ飲み分がわずかながら残されていたのだ。何時だったか、百万遍近くの酒場でたまたま見かけた伊吹さんの昼酒の姿を私は思い出した。さびしそうには見えなかった。わずかばかりの酒、湯呑茶碗一杯だけの燗酒をゆっくりと味わう、ご本人のいうとおり「たしなむ」姿はじつに楽しそうに見えた。さもうまそうに、愛しむように。その姿に、こちらまで楽しく幸せな気分になってくるのだった。

やっぱり伊吹さんとは「カステーラ」などでなく燗をした酒を、最後の酒をごいっしょしたかった。〈L'Orchestre Hortensia, s'il vous plaît !〉往年の伊吹調を真似て私がさけぶ。一瞬、伊吹さんはおどろいたような表情で私の顔をみつめ、それからゆっくりと微笑みはじめる。やがて口許から小声で古いシャンソンが。《A Paris, dans chaque faubourg ……》

仏和辞典完成のさいのインタビューから一年半ほど経った一九八二年（昭和五十七）の十月十二日に伊吹さんは亡くなった。死因は腎不全。享年八十一。

当日の京都新聞に、仏文三羽烏のうちの二人、桑原、生島両先生の談話がのった。いずれも伊吹さんのすぐれた語学力、仏文学界での功績を讃えていたが、シャンソンについては一言も触れてなかった。

その日の午後おそく、私は下鴨北園町の閑静な住宅街にある伊吹家を弔問に訪れた。お宅にうかがうのはこれが三度目だった。最初は大学に入った翌年の元日に、友人に誘われて年始の挨拶に行った。伊吹さんは酒好きらしいから、正月の酒ぐらい飲ませてくれるだろうという期待はみごと裏切られた。運わるく先客があって、玄関先で新年の挨拶をしただけで引き下ったのだった。

二度目は一九六六年六月のおわり。日づけを憶えているのは、その年の七月にフランスに留学するのでその挨拶にうかがったからだ。座敷に通され、三角形のウイロウみたいなのの上に小豆ののった和菓子を出された。手をつけずにいると、奥さんから、京都では六月のおわりに水無月というお菓子を食べる風習があるから、とすすめられた。結局そのときもフランス留学を祝って一杯というふうにはいかず、ひととおりの挨拶だけでお宅を辞したのだった。

伊吹家はまだひっそりと静まりかえったままで、中でお手伝いの人や大学の研究室の若い人たちが葬儀について相談しているらしい動きが感ぜられるのみだった。

私は座敷に通され、亡骸と対面した。夕暮の光のなかでおだやかな死顔に鼻が白くとがって見えた。

三男の基文氏が蓋付の湯呑茶碗を示しながら言った。

「父は最後のころ医者から止められていましたが、おひるにこっそりこの茶碗に一杯だけビールを飲んでいたんです。見つかりそうになるとあわてて蓋をして」

いつかの昼さがり、酒場で目にした湯呑茶碗がこれにちがいなかった。あのときはまだ酒だった。

「今晩はどうか一緒に飲んでやって下さい。父のために、皆さんが注いでやって下さい」

居合わせた者が小盆にのせた湯呑茶碗に、すこしずつビールを注いだ。

もうビールでなく酒がいいのにと思いながら、いちばん後から私も注いだ。あふれるほど注いだ。

「おじいちゃん、今日はこんなに沢山注いでもらってよかったね」

そう話しかけて基文氏が盆を枕元に置いた。そのまわりで私たちも静かに飲みながら、〈ベレー横町〉の先生に別れを告げた。

＊

わが家の近くに葵小学校がある。伊吹家もこの学区にあるので、子供さんたちはこの小学校に通ったはずである。うちの子供もそうだが私はちがう。私がこの小学校に足をふみ入れるのは、今では選挙の投票のときだけである。

正門を入ってすこし行った右手の校舎の壁に、校歌の歌詞を刻んだ大きな陶板がはめ込まれている。暗い色をした陶板は人の目をひきにくく、来校者は見向きもせずその前を通り過ぎるだろう。かりに物好きな人が足を止め、そこに刻まれた歌詞を目でたどったとしても、しまいまでは行くかどうか。最後の下の方に、まるで遠慮したように「作詞　伊吹武彦／作曲　福本正」としるされているのだが、その文字は陶板の色にまぎれ、さらに目につかない。

葵の花の
葵の花の　うすむらさきに
夢もむらさき　ほのぼの匂う
夢ははるかに　のぞみは高く
自由にのびる　わたしらぼくら

この歌詞が作られたのはもちろん戦後の民主主義教育の時代で、それを念頭において伊吹さんは難しい漢字をさけ、さらに「わたしらぼくら」と女子を先に出している。夢と希望の時代だった、大人たちにとっても。初演はたしか昭和二十五年。

幼いころこの校歌をうたっていたうちの子供たちに、あるとき「それを作ったのは、お父さんたちが大学でフランス語を習った先生だよ」と教えたことがある。すると「ふうん」と言ったきり、とくに関心を示さなかった。

いま葵校の先生たちが何かの折りに生徒たちに、この校歌の作者は伊吹武彦さんという、同じ学区に住んでおられた偉いフランス文学者ですと教えることがあるのだろうか。「伊吹さん…それって誰？」若い先生自身そう問うのではあるまいか。
われらが伊吹さんのために、この機会に二番、三番の歌詞も紹介しておこう。

葵の庭に　おいたつこらは
光をしたう　緑のふたば
光もとめて　ただひとすじに
のばす明るい　すなおな心

葵の風の　ふきかうところ
心ゆるめず　正しくつよく
むすぶ手と手は　世界をつなぐ
平和の春の　花ぶさ花わ

葵　葵

わたしの葵
ぼくらの葵　葵校

（『天野さんの傘』編集工房ノア・二〇一五年七月）

生島遼一のスティル

鴨川西岸の川べりを丸太町橋から二百メートルほど下ると、堤の上に生島家の庭の木戸が見えた。庭からは大文字の送り火で有名な如意嶽がのぞまれる。そこから逆に堤をさかのぼると、頼山陽の「山紫水明処」の旧跡、さらにはむかし志賀直哉がしばらく部屋を借りていたという旅館があった。

先生はこのあたりが大変気に入り、朝夕、散歩をしておられた。ここを〈鴨涯〉とよび、随筆集の題にも『鴨涯日日』、『鴨涯雑記』などと用いている。

その〈鴨涯〉のお宅をはじめて訪問したのはたしか一九五〇年の秋、私が大学の二回生のときだった。先生からは中級フランス語を習っていた。お宅にうかがったときは、私とおなじ仏文志望の友人が何人か一緒だった。応接間には入りきらないので奥の座敷に通された。どんな話が出たか憶えていない。

途中で奥さんが籠に盛られた丸いパンを持って入って来て、やさしい声でおっしゃった。「あなたたち、お腹空いているだろうと思って、そこの進々堂でパンを買って来たのよ」。そのかすれ気味の声とはきはきした東京言葉だけは、いまもはっきりと思い出すことができる。千代夫人は生れは神戸だが、お茶の水の女高師の出だった。

大学を卒業してからも何度かお邪魔した。ひところスピッツが家のなかに飼われていて、来客があると奥の間でしきりに吠え立てた。あるとき、私が帰ろうとして玄関に立っていると、戸のすきまから飛び出して来ていきなりふくらはぎに噛みついた。鋭い痛みを感じ、ズボンをまくって見ると歯型がついていた。奥さんがしきりに謝り、消毒して下さった。先生は笑って見ておられた。

歯型はしばらく消えなかった。


大学を定年退職された後、一九七〇年代のなかごろから、毎年正月に年始の挨拶にうかがう習慣ができた。先生の指名で杉本秀太郎と私の二人が元日の午後二時、二日は能楽関係の人たち（先生は観世流の能の舞い手でもあった）、三日は私より五、六年下の、お気に入りの教え子たちと決まっていた。

午後二時の約束を、そのうち私は守らなくなった。自分の方が先に着いて一対一で向かいあうのをさけるためで、途中、時間つぶしをしたこともある。あるとき、杉本も来客か何かで家を出るのがおくれ、結局、二人とも一時間ちかく遅刻した。このときはさすがに温厚な先生も焦れて二人の留守宅に電話をされたと後で知って、申し訳なく思った。

私たちはいつも玄関わきの、本棚にかこまれた小さな応接間に通された。テーブルの上には、その日の話題と関連のある書物や画集が何冊か積まれてあった。いずれも最近読み返したごひいきの作家たち――フロベール、プルースト、ゴンクール、ユイスマンス、ロダンバック、日本のものでは谷崎潤一郎、中勘助、木下杢太郎、晩年はとくに泉鏡花だった。鏡花の装幀をした小村雪岱、また広重の浮世絵が話題になることもよくあった。正月だからといって新春にふさわしい話、あるいはお好きな相撲や野球の話などに時間がさかれることはなかった。

先生はほとんどひとりでしゃべった。その話しぶりがあまりにも楽しげに見えるので言葉を挟むのもはばかられ、私たちは屠蘇がわりの葡萄酒のグラスに口をつけながら、神妙に拝聴した。それが二時間ちかくつづいた。このあと、夕方から桑原家で開かれる新年宴会の方に二人がまわるのを知っていて、遅らせてやろうと意地悪されているのではなかろうか、などと疑いたくなることもあった。

外がすっかり暗くなったころ、やっと放免されてお宅を辞した。門のところまで見送りに出て来られた先生が戸締まりをして奥に消えるのを待って、杉本と私は顔を見合わせ、「しんどかったなあ」とつぶやき、苦笑した。

先生の独演ぶりは〈鴨涯〉の外、たとえば料亭の座敷に場を移しても変らなかった。風呂敷に包んで持参した文献を前に、料理にはほとんど箸をつけず、また聴き手の反応を気にとめる風でもなく、ひとり上機嫌でしゃべった。

調子のいいときは食事の後さらに、お茶を飲みに行こうかと誘った。お茶であって、酒ではなかった。そのお茶を先生は英語で言った。それは「チー」と聞こえた。私たちは先生行きつけの喫茶店でそのチーをすすりながらさらに小一時間、たとえばウォルター・スコットとバルザックの歴史小説についてのお話を拝聴し、それからやっと私たちだけで酒場に足を急がせるのだった。

小説談義が好きで、楽しくてしかたないのだ。そう思ったのは私だけではなかったようである。「先生は小説のストーリィをしゃべっているとき一番活気がある」といったことを学生に言われたことがあるそうだ（「なぜ小説を読むか」、『鴨涯日日』）。ところが別のところでは、次のように胸のうちを明かしているのである。

まだ教室で講義をしていたころ、途中でふと、「自分の話の空虚さだけをかみしめていることが度々あった。この空虚感の理由は、私自身の読書のときに感じていた快楽が、こういう公開の席、真っ四角な教室で、つとめて論理的になろうとしつつしゃべる間に、消失していることに気づくのである」。そしてこの快楽が消えたら、「一切はむだな、退屈なおしゃべり」にすぎなくなる。

大阪の北野中学で三年上級にいた梶井基次郎の小説を後に「何十回読んだかわからない」ほど愛読し（とくに好きなのは「城のある町にて」）、大いに影響をうけ、自分もあのような鋭い感覚の短篇を書きたいと考えたこともあった。「海と雪」と題する梶井風の作品が、エッセイ集『水中花』に収められている。しかし書く方は早々とあきらめ、もっぱら読む側にまわった（後にエッセイの書き手となるが）。やがてヴァレリー・ラルボーのいう「罰せられざる悪徳」にふけるよろこびをおぼえる。友人の中国文学者吉川幸次郎から教えられた「書獃子《しょたいし》」を自己流に「読む阿呆」と訳し、自らそう任ずるにいたる。しかし「沈黙の愛書家」に徹することができない。教師としては止むをえまいが、おのれの快楽を他人に言葉で伝えようとこころみ、そのつど、かなわぬことを思い知らされる。

また、

「どんなに精密周到な分析や思想展開をおこなっても、自分のうちに感じた快楽を伝ええない焦燥。これは絶対に不可能な、内密の感覚。その事実を知りつつしゃべっているこことのむなしさ」(「書獣子のこと」、『春夏秋冬』)。

生島遼一は、そのようなむなしさ、孤独を知るエピキュリアンだったのである。いつだったか病院に見舞ったときのこと。先生は意外にも、『映画千夜一夜』という本を私につよくすすめた。これは淀川長治、蓮實重彥、山田宏一の三人が外国映画について蘊蓄を傾けて語り合った八百ページもある本だが、先生は淀川長治のファンらしく、あの口調を真似てみせたりして私をおどろかせたものだった。

だが、後になって考えた。生島遼一と淀川長治。そういえば読書と映画のちがいこそあれ、孤独なエピキュリアンという点でこの両者にはどこか似たところがありはしないか。ダンディーぶりにおいてもまた。さらに——

いや、これ以上踏み込むのは控えよう。それが生島流というものであろうから。他人の「私生活的資料」には好奇心がわかない（「人と作品」）。それは文学研究においても同様だった。小説の話をするさいにもテクストをよく読みこむことを第一とし、作者の伝記などはあまり重視しなかった。作家の人柄をよく伝えると思えるエピソードやゴシップのたぐいを紹介することもない。だからゴシップ好きの私には講義はあまりおもしろくなかった。

とはいえ恩師の落合太郎、親友の吉村正一郎、三好達治、桑原武夫らの思い出は書いている（「師弟のこと」）。また別のところでは片岡鉄兵および彼を介して知った東京の文士たち——横光利一、川端康成、広津和郎、宇野浩二、あるいは宇野千代、吉屋信子らについても触れている（「三人の女史」）。

宇野千代は生島訳の『クレーヴの奥方』が大変好きで、彼女の家の部屋ごとにその訳本が一冊ずつ置いてあったそうで、先生は感激した。それで後年、宇野千代が芸術院会員に選ばれたときお祝いの手紙を出したら『文学的回想記』がとどき、「三好さんのことなど出ていますから」と添え書きされていた。三好達治と生島遼一は仲がよかったのである。

その三好が戦前、鎌倉に住んでいたころ、生島先生が訪ねて行き、夕方ビールを飲んでしゃべっているところへ宇野千代がやって来た。一杯機嫌の三好が川端さんの家に行こうと言い出し、もう遅いからと二人が止めるのも聞かずに、結局三人で訪ねて行った。すると三好が生島先生に、川端さんと碁を打つよう命じた。先生は弱いが川端さんはつよい。辞退したが三好はおさまらない。

「しばらく黙然としていた川端さんはスーッと立つ。そして自ら碁盤をはこんできて私の前に据えた」。川端は戸惑っているが先生も同様で、結局、でたらめな手ばかり打ち頭を下げた。それでも川端は腑におちぬ風であった。三好と生島が言い争っているとき「黙ってスーッと」立上り碁盤をはこんでくる川端康成の姿が印象的である。

このほかに、私の好きな場面をもう一つ。

恩師落合太郎先生の奥さんの季子夫人には生島遼一のほか天野貞祐、和辻哲郎その他ファンが多かった。生島先生もよく家に遊びに行った。その夫人が病気で奈良の病院の一室に入院しているのを見舞ったときのこと。夫人が言った。

「生島さん、失礼だけどね、ちょっと外に出ていてくれない。わたし、おならがしたいの。さっき天野さんがこられてそれからずっと辛抱していたものだから」。それに

たいし、

「「ご遠慮いりません、奥さん。私にそんなこと気をおつかいにならんでも」と笑いながら私は立って少し戸口に寄った。奥さんはこれから一週間後になくなられ、この会話が私たちのかわした最後の言葉になった」(「師弟のこと」)。

こういうエピソードも「私生活的資料」にふくまれるのかどうか。しかしこれくらいが限度で、先生はこれ以上は踏み込まない。そのかわり他人から自分の私事に踏み込まれるのも好まない。たとえば梅林で出会った見知らぬ人としばらく言葉をかわした後、名も告げ合わずにあっさり別れる(「*O, wind, if winter comes …*」)。人との交わりだけでなく、何ごとにも節度を守る。あっさりと、淡泊に。これが生島流なのである。

この流儀はおのずから文章にもあらわれる。若いころ愛読した白樺派の文人たち、とくに志賀直哉の文章の影響をつよくうけ、「平易な言葉のもつすがすがしさ」が好きになった。美辞麗句のたぐいをさける。形容詞、副詞あるいは比喩など文を飾るものはなるべく少くする。「泰山鳴動して鼠一匹」式の使い古された成句は「絶対に用いない」(生島遼一が「絶対に」ということばを用いるのはよほどのことだ)。翻訳の訳文についても同様で、妙に凝った「名訳」を嫌った。

「いい文章とは、いわゆる名文ということではなく、平明で、むだのない、そして読者に親切なわかりいい文章ということなのだ」（「なぜエッセイを書くか」、『鴨涯日日』）

これは生島遼一の人柄のあらわれである。師落合太郎の教えどおり「生き方そのものがスティル」なのだ。スティルとは「文体」であり、また「姿勢」でもある。生島先生は痩身の、背すじのすっとのびた方だった。そのスティルは最後まで変らなかった。

ところで少し前にもどるが、さきに引いた「師弟のこと」のなかにちょっと気になることが書かれている。生島先生は日ごろから師弟とは何かと自問していて、あるとき若い友人の一人にこう言ったことがあるそうだ。〈君たち、先生先生と気安く言っているが、こわいものだぜ。本当の師なら、それは悪い病気みたいなものかもしれん。影響が年をとってから出てくる〉と。ここを読んで、読み返して、ハタと考えこんだ。いまこれを書いているこの自分には、その悪い病気の毒がどれくらいまわっているのか、いないのか。

『クレーヴの奥方』、『赤と黒』、『感情教育』など、フランス小説のすぐれた翻訳で知られた。しかし〈有名人〉ではなかった。とくに晩年は〈鴨涯〉に引きこもり、ごく少数の人と接するのみで、愛書家として静かに暮らした。七十七歳で夫人に先立たれてからは、養女の香苗さんの運転する車で京都や奈良の寺々を訪ねた。最後のころは病院から自宅にもどり広重や春信の浮世絵をながめたり、夜は香苗さんに鏡花を読んでもらうのを楽しみにしていた。すこし体のぐあいのよい日には庭先に出て、鴨の河原の眺めに慰められることもあっただろう。

八月おわりのはげしい残暑のなか、岡崎の換骨堂でおこなわれた葬儀は簡素なものだった。弔辞の朗読は教え子の二人にかぎられ、弔電の披露はすべて省略された。供花、香典のたぐいもフランス文学会からのもの以外はすべておことわり。それでもとどいた花は、送り主の名札を取りはずして供えられた。

何年かぶりにほかのエッセイ集も合わせて読み返してみた。素直に、いいなと思った。その感じをどう言いあらわせばよいか。

少年のころ祖父にもらった銀の文鎮を思い出す話があった。しばらく忘れていて久しぶりに取り出してみると、表面が酸化して曇っている。小刀で削ると、下から美しい銀色の輝きがあらわれる。

これだろうか。

（生島遼一『春夏秋冬』講談社文芸文庫「解説」・二〇一三年二月）

「どくだみの花」のことなど

年来の友杉本秀太郎の訃報に接した日、私は杉本家に弔問に出かけるのはひかえ、自室にこもって彼の著作を読み返すことで時を過ごした。

数あるなかで、かねがね私がこれぞ杉本秀太郎のベストワンと思い定めている作品がある。わずか七、八枚の小品だが、これには他の思い出もからまっていて、なおさら私には忘れがたいものとなっている。

「降りみ降らずみの夕まぐれに、芍薬が雨滴を含んで三輪、五輪、うなだれている。抱き起こしてのぞき込むと、早く何とかしてください、という声が聞こえた」

その一篇「どくだみの花」はこのような文章で始まる。冒頭からすでにじゅうぶん杉本調である。〈私〉は〈先生〉から借りたままになっていた本を返しに家を出る。

お詫びのしるしに、いま切りとった庭の芍薬の花をかかえて。本はギュスターヴ・モローの画集。〈先生〉のお宅の応接間で、その画集のなかの「白い蓮を手ににぎっているサロメの絵」について先生の話を聞く。ついでにユイスマンスの「さかしま」のことも。応接間の棚には、先生愛蔵の春信の浮世絵「調布玉川」が額に入れて飾ってある。そのみごとな刷りぐあいに額ごと手に取って見惚れたりしながら、なおしばらく時をすごした後お宅を辞する。

外に出て、裏手の鴨川の西堤へまわる。足がおのずと北へ向かう。いま見てきた春信の美女の顔が、一年ほど前に亡くなった母のおもかげにどことなく似ているような気がしてくる。行先に、その母が入っていた病院の建物が見えてきて、見舞いに足を運んだ最後のころを思い出す。病床で母が何度も見たという、品のよい男のまぼろしのことなど。後日知ったが、母の病室は偶々、むかし哲学者の九鬼周造が死んだのと同じ部屋であった。……

白と淡い臙脂の二色の花を咲かす庭の芍薬は、祖母、そして母が丹精して育てていたものだった。手のかからない植物で、根分けしてやるとまた生いしげり、年々花を咲かせてきた。しかし母のいなくなったあと庭の世話をなまけていると、一年後にはどくだみがはびこっている。

「土蔵の裏かげ、芍薬の花壇のあるあたりから、ショベルに当たる小石の鋭いちいさな音が、五月の夕まぐれ、私の部屋に届いたとき、母の手はどくだみの根を丹念に掘り起こしていたのだった。あの音をふたたびうつつに聞くことはできなくなった。そして、一面に咲きはじめたどくだみの白い花が、目にいちじるしい」

最初に芍薬の花、ついでモロー、サロメ、ユイスマンス、春信（ついでに定家の歌）そして九鬼周造の名を出しながら亡き母の回想につなぐ。それからまた芍薬を介して、祖母と母への思慕の念にもどり、最後にひとこと「どくだみの白い花」を出す。通俗的なものを極力排し「美」で一貫するところも杉本らしい。

最初に芍薬の花を出しておき、しまいの方でまた芍薬にもどり最後にどくだみを出す文の展開の仕方、また題のつけ方もたくみである。作者は花々の美しさの底に、母への思慕の情を忍びこませているのだ。私はこれを亡き母に捧げる哀歌として読んだ。

杉本の文章にしてはめずらしく飾り、とくに比喩がほとんどない。私がこの一篇をとくに好むのは、その簡潔さゆえでもある。

「どくだみの花」は「海燕」の一九八二年七月号に発表された（作者五十一歳）。その号が発売されたのは六月上旬で、そのおよそ一月後の七月はじめの夜、さる料亭の二階で生島遼一先生をかこむ小さな会があり、それに杉本も私も参加した。先生の定年退職後、かつての教え子たちで年に一度か二度、このような内輪の集まりをもつようになっていたのである。

当時、先生は七十八歳、まだまだお元気だった。久しぶりにむかしの教え子たちにかこまれ、往年の講義調がよみがえったのか、料理に箸をつけるのも忘れひとりよくしゃべった。すすんで杉本の「どくだみの花」を話題にして、面とむかってほめた。自分の好きな芍薬の花をもらったのがとくに嬉しかったようで、ただ折角書いてくれるのだったら、〈先生〉だけでなく名前も出してほしかったと残念がった。その、名前を出さないところに感心して読んでいた私は、意外に思ったが口には出さずにいた。

当の杉本も困惑気味に苦笑をうかべたりしながら、同様、黙って聞いていた。

それから数日たって先生から手紙がとどいた。先夜の礼をのべた後、相変らぬ「独演的おしゃべり」で迷惑をかけて済まなかったが、「久しぶりに胸が大きくひろがった気持」がして本当にうれしかったとあり、その後につぎのように書かれていた。

「海燕九月号のために《杉本さんのようなエッセー》を書く約束、あれは上手に書いてあるので、「先生」そのあと書くのつらいです」

私は忘れていたが、そんな約束の話が先日出たらしかった。

八月に入ると「海燕」九月号の出るのを待ちかねるようにして、私はその《杉本さんのようなエッセー》を読んだ。「どくだみの花」にたいしこちらは「芍薬の歌」。「近所の本屋から「杉本さんの御依頼です」ということで、『海燕』七月号がとどけられた」。冒頭から杉本の名前が出てきた。「近所の本屋」とは、寺町二条上るの三月書房にちがいない。つづけて、

「巻頭に杉本秀太郎君の小品エッセーがのっている。さっそく読む。彼らしい、さらっと仕上げてあるようで内容に幾段ものふくらみを感じさせる好エッセーである」。以下「どくだみの花」の内容の簡単な紹介があって、そのおわりの方に、

「文中、名前は伏せてあるけれど、「先生」と記してあるから訪問相手が私ということはよくわかる」と念をおしてあった。

それからやっと本題に入って、たまたま泉鏡花の長篇小説『芍薬の歌』も読みおえたところだといってその話になる（生島先生は鏡花の作品だけでなく、本の装幀まで

大変好んでいた）。鏡花の小説は「たくらみの深さ」があるのでおもしろい。『芍薬の歌』でも芍薬の花は表には一度も現れないが、その「こころ」は何か。この長い込み入った小説を読みおえてほっとする気持にまじって「この花の風情や歌」が音楽のようにごく自然に伝わってくる、と書き、そして「杉本エッセーの題名は《どくだみの花》であるけれど、内容は芍薬の花、これも私に言わせると、どこかで芍薬の白や淡紅の花がうたっているように感じられた」と結んであった。

それからしばらくたった月のおわりに、杉本から葉書がとどいた。

まず、私から頼まれていた「日本小説を読む会」会報のための原稿がついに書けず、待たせてすまなかったと詫びた後、ほぼつぎのようにつづけていた。

近ごろは「海燕」にあんなことを書いたせいもあり、よく庭の雑草とりをしたり、二十日大根の種をまいたりしている。それですめばいいのだが次第に欲が出て、ここにあれを植え替え、あそこに土盛りをし、池を作り……などと考えていると、原稿を書く気がしなくなって困る。そして「芍薬の歌」にはひとこともふれず、このあと葉書は「手応えのない、オモロナイ世の中だねェ」で終っていた。

（「海鳴り」28号・二〇一六年六月）

表札

酒屋の前を通りすぎ、表通りを右へ、ゆるやかな傾斜の小道を竹藪の方へすこし下る。すぐに道端の小さなお地蔵さんが見えてくる。その手前を左へ入ると、もう富士家の屋敷へ足を踏み入れた気分だ。門も戸もなく自然に庭へ入って行く。玄関左手のすこし引込んだところにある書斎の硝子戸が、電灯のあかりでぼうっと橙色に染まっている。わたしの知るかぎりそこはいつも灯がともっていた。

その日はひるすぎから北浜の三越劇場で映画を観てから茨木へ向かった。たぶん四時近く、すでに暮色がひろがりはじめていたような気がする。記憶にのこる書斎の硝子戸のあかりの色の濃さが、わたしの推測を裏づける。今から四年前（一九八五年）の二月下旬、ひどく寒い日のことだった。

富士家を訪れた回数はかぞえきれない。ずっと以前、「日本小説を読む会」会報に毎月エッセイを書いてもらっていたころは、原稿を受け取る目的で足を運んだこともあるが、それ以外はたいていはとくに用もなくただ遊びに行くだけだった。

このときはちがった。はっきりした目的があった。表札を書いてもらいに行ったのである。

しばらく前に家を建て替えた。そのとき庭とともに門柱をこしらえてくれた植木屋のおやじが、お祝いに表札用の木をくれた。たて二十センチあまり、よこ十センチ、厚さ四センチほどの大きなもので、それがちょうどはまり込む大きさのくぼみが石の門柱にこしらえてあった。

表札の字は富士さんに書いてもらおう。これは前から決めていたことだった。

その件で、二、三日前の夜電話したとき、富士さんはかなり酔っていた。大丈夫かなと一抹の危惧をおぼえながら用件をのべ、表札の木は用意して行くからと念をおし、訪問の日時を決めた。そのころ富士さんのところには来客が多く、そのつど泥酔しているらしいという噂がわたしの耳に入っていた。そういえば、しばらく富士さんのところへ行っていなかった。

富士家の庭に足を踏み入れると、いつのころからかある種の勘がはたらくようになっていた。ぼうっと灯のともった書斎から人の声は洩れていないのに、先客の有無がわかるのである。耳では聞きとれぬ微妙な人の気配を感じとっていたのか。あ、誰か来ている、まずいな。とっさにそう思った。先客がある以上、すでに酒が入っているにちがいない。

予感どおり二人の先客があった。ひとりは黒田という木工で、京都の百万遍を東に行ったところにある進々堂という喫茶店の大きな木の机をこしらえた黒田辰秋の息子だそうであった。もうひとりはその友人の陶工だった。二人とも三十代なかばかおわりくらいの年齢である。木工の方は端正な顔立ちで、「わし、こいつが好きなんや」と言われるほど富士さんにかわいがられ、何度かここにやって来たことがあるらしかった。富士さんは父親の黒田辰秋を知っていてその芸術を高く買っており、親への敬愛の情が子へも及んでいると見えた。

陶工の方は八の字髭とあご鬚をはやし、ちょっとヒッピー風で、誰にでもぞんざいな口を利いた。

焼酎やウィスキーのびんが狭いちゃぶ台の上に並んでいた。三人ともすでに相当酔っている風だった。

わたしは相撲でいえば完全に立ちおくれた形だった。ひとりだけ素面でいるということのほかに、居合わせた人たちとの相性の悪さを直ちに感じた。とくにヒッピー風の男は酒癖が悪いらしく、初対面の富士さんにからみ、失礼な口を利いた。富士さんは適当にあしらいながら、ときどき「へっ、お前のその顔なんや」といった揶揄で応じていた。

富士さんがわたしのことを「大学の教授」と紹介すると、その男は「へぇ、大学の教授、はじめて見たわ。どんな顔してるんや」と顔を近づけて来たりした。木工も悪乗りしていちびった。

とても表札など書いてもらえそうな雰囲気ではなかった。第一、富士さんが酔っぱらっている。はたしてわたしの来訪の目的を憶えているだろうか。

机には硯が出してあった。そばに、かまぼこ板ほどの板が置いてあった。誰かほかからも表札の注文がきているらしかった。

酒を飲んでも酔うことができず、いつまでもその場の雰囲気に入って行けぬまま、わたしは身をもてあましていた。

しかし折角来たのだからこのまま引き退るわけにはいかない。

時機をうかがってわたしは用件を切り出した。そして包みのなかから分厚い板を取り出して富士さんに渡した。富士さんはちらっとその板に目をやり、筆を取った。墨の濃さをしらべ、「ちょっと薄いな」と言った。わたしは墨をすった。「もうええやろ」と言われたが、まだ薄そうな気がしてしばらくすりつづけた。

富士さんはあらためて筆を取り表札板に向かった。手もとは大丈夫かな、とはらはらしながらわたしは見守っていた。「大丈夫ですか」と実際に口に出したかもしれない。

書きはじめた。まず「山」と書いた。すこし平たいなと思った。ところがつぎに、「山」の下にくっつくように「心」と書いた。「忠」という奇妙な字が出来上がった。

「あっ、富士さん、ちがいますよ！」

わたしは思わず叫んだ。

「こんでええんや。ヤマダミノルやろ。こんでええんや」

めがねごしに富士さんはわたしの顔を見た。それから次の字に移った。「田」と書いた。そしてつづけて「山」のとき同様、その下にくっつけて「心」と書いた。

「思」という字になった。そして唖然として見つめるわたしの顔をまたちょっとながめてから、最後の一字「稔」を書いた。その下にも「心」を書き添えた。

つまりわたしの姓名の字の下に、いちいち「心」という字をくっつけたのである。やっぱり酔っぱらっていると思った。とっさにわたしが想像したのはこんなことだった。わたしの姓名を書いていくと、最後は「稔」の字の「心」で終わる。その「心」がつよく意識にあったためこのようなことになったのだろう。

酔いのせいだと言い聞かせながらも、奇怪な感じ、強いていえばすこしボケたのではないかという疑いの念を拭い去ることができなかった。

「こんでええやろ」

筆を置きながらわたしの困惑ぶりを楽しむ風にながめる富士さんの言葉には乱れはなかった。

その表札は恰好の酒の肴にされた。二人の客はこの出来損いの表札に大喜びで、自分たちの手に取って「ええ表札やなあ」などと言い、なかなかわたしに返してくれなかった。「これ、ええ木や。わし貰うとくわ」と木工が言い、やがていかにも情なさそうなわたしの顔に哀れをもよおしたのか、「こんなん削ったらしまいや。わし削ったるわ」と慰めた。

結局、この後で富士さんは、机に置いてあったかまぼこ板ほどの大きさの板にあらためてわたしの姓名を書いてくれた。寸づまりの字だがこれはまともだった。

その後で泥酔状態におちいった富士さんはわれわれをほったらかして、這うようにして寝室へ行ってしまった。他の二人も勝手に電話でタクシーを呼んで帰って行った。まだ宵の口、六時すぎだったと思う。

ひとり残されたわたしは近くに住む「VIKING」同人の安光奎祐に電話して事情を話し、助けに来てもらった。しばらく二人で飲んでから後を安光に託し、わたしは出来損いのでっかい表札とまともな小さな表札とを持って家に帰った。

その後二、三日、わたしは吹っ切れぬ思いをもてあましていた。富士さんのところへ行った後に不愉快な気持が尾を引くなどということは初めてのことだった。同席の二人、とくにヒッピー風の男の傍若無人な振舞いを思うと富士さんが気の毒で、憤りがふたたびこみ上げてきた。富士さんの行動については、ただ奇異な印象のみが胸に残っていた。酔いか、一時の錯乱か。いずれともわたしは決めかねていた。二つ目の小さな板には正しく書けたのだ。わたしが持参した表札の字も、筆跡それ自体に乱れはない。いわば奇怪な字をまともに書いているのだ。酔いのせいではない。だとすれば……。

書き損じた表札は表札屋へ持って行き、表面を削り取ってもらうことにした。最初は記念に保存しようかとも思ったのだ。だがこれだけの大きさの表札板は、特注でもしなければ手に入らないだろう。それに祝いにくれた植木屋にたいしても悪い。近くに住むその人は、ときどき生垣の様子などを見に来る。板をもらってからすでに半年近くも、門柱のくぼみはそのままになっていた。

それから二週間ほどして富士さんから電話がかかってきた。めずらしく素面のようだった。

「こないだはすまなんだな」

おだやかな口調だった。富士さんは憶えていたのだ。気にしていたのだ。また書いたるさかいおいで。そう聞いたとたん、わたしの胸のわだかまりは消えた。

表札屋から板がもどって来るのを待って、わたしは再度茨木へ足を運んだ。三月なかばのことだった。そのときのことは「サン・ミケーレの闇」というエッセイの冒頭ですこし書いた。

その日もまた先客があった。もの静かな老夫婦で、わたしとほぼ入れ違いに帰って行った。

富士さんはまだ酒が入っていなかった。連日の来客で疲れ切っているといった印象をうけた。何事にもうんざりしているような話しぶりだった。あらたに三人の来客があった。松本光明、藤井和子、園生昌子の「VIKING」同人たちだった。わたしはほっとした。酒の入らぬうちに用件をすまそうと思って表札板を取り出した。富士さんは前回のときのことにはまったく触れなかった。わたしが墨をすった。「もうええやろ」と待ち切れなそうに富士さんが言ったが、まだまだ薄そうだった。もうすこしすりたかった。「もうええ」と言ってそのまま書いた。やはり薄かった。

その日のもうひとつの収穫はアクセル・ムンテの『ドクトルの手記』だった。富士さんが「私用の小説」(『狸ばやし』所収)のなかで挙げているその本を、わたしはぜひ読みたいと思っていて、偶然その日、富士さんの家の本の山のなかに発見したのだ。表札よりもこの方がうれしく、大事な宝物のようにしっかりと包みを手に持って、まだ明るいうちに松本さんの車で阪急の駅まで送ってもらって帰ったのだった。

翌日、わたしはやっと新しい表札で門柱のくぼみをふさいだ。

それからしばらくは忘れていた。いや、そう書けば正確ではない。毎日、外出から帰って来るたびにわたしの目はおのずと門柱の表札の字に向かう。しかし一時はとげのように胸にささっていた例の疑問のことは忘れていた。いまの気がかりは墨の色の薄さだった。これでどれくらい保つだろうか。あまり濃いのは下品で好かない。しかし薄すぎるのも頼りなかった。書いたときの富士さんの姿を思い出し、そこに健康というか気力の衰えのようなものさえ感じてこころが翳った。わたしという人間存在の薄さと映る日もあった。


富士さんが亡くなってほぼ一年たったころ、「新潮」に島京子の「竹林童子失せにけり」が発表された。それを読んで、わたしの知らぬ、あるいは漠然と感じてはいたものの明確には意識していなかった富士正晴の人柄のある面に触れたように思った。富士正晴に近づいた「VIKING」の人たちの大半が多少とも辛辣なことを言われたり、イケズな扱いを受けたらしいことが行間からうかがえた。だが「彼が大切に思っている京都の学者グループ」のひとりであるにちがいないわたしは、そのような目にあった覚えはなかった。かわいがられる一方のわたしにには、富士正晴という人間の一面しか見えていなかったのではないか。

そんな反省のなかで、ふとまた例の表札にまつわる疑問を思い出したのだ。するとそれまで気づかずにいたいくつかの細かなことがよみがえり、あるひとつの意味を帯びはじめたのである。

富士さんがあの変な字を書いたのは酔ったせいではないのだ。意識的にやったことなのだ。あの日、机の硯のそばに置いてあったかまぼこ板ほどの小さな板、それをわたしはあらためて思い出した。誰かほかの人から頼まれているのだとそのとき考えていた。なんという鈍感さだろう。あれは富士さんがわたしのために用意しておいてくれた表札板だったのだ。そこへわたしが身分不相応な、あるいは成金趣味のようなでつかい板を持って行った。こいつめと富士さんは思い、悪戯心をおこしたのだ。わたしは、あの奇妙奇天烈な字を書きながらわたしの反応をうかがうように見ていた富士さんの表情を、その薄笑いをふくんだ目の色をあらためて思いうかべた。間違いない。わたしもまた富士正晴に近づいたものの一人として、最後にやっと平等な扱いを受けたのだ。それもまた愛情の表現としてわたしの胸にしまわれているけれども。

表札をかかげてから四年あまりたった。いまではもう見慣れて最初のころのように意識しなくなった。板全体がくすんで字が目立たなくなってもいる。この前、何かの拍子にふと立ち止まり、近づいてながめてみた。久しぶりに富士さんに挨拶するような気分だった。

おそれていたとおり墨の色はさらに薄れていた。じつは墨が薄れただけではなく、雨水や外気で木肌全体が汚され、そのために字が見えにくくなったのだ。

わずか四年でこうならば、この先はどうなるだろう。わたしがこの世を去るころは、きっとうまいぐあいにもう完全に読みとれなくなっているだろうと思う。

（「ＶＩＫＩＮＧ」四六八号・一九八九年十二月）

*

天野さんの傘

ある晩、Y君から電話がかかってきた。いま京都に来ている、べつに用はないが、ひまならちょっと会いたいと言うので承知した。だが適当な喫茶店を思いつかない。それでとりあえず、近くのスーパーマーケットで待ち合わせることにした。

Y君は大学のときの私の教え子である。専攻は社会学で、卒業後、東京の小さな出版社に就職した。ながらく会わないが人懐っこいところがあり、ときどき手紙をよこすしこちらも返事を書く。それで気持は通じ合っていると私は勝手に思っている。

昼前から降り出した雨が、あいにく午後になって本降りになった。

Y君はさほど変っていなかった。ただ、以前はなかった小さなあごひげを生やしている。そのひげにも髪にも白いものが目につく。はにかんだような笑みをうかべて挨拶をした。これはむかしのままである。

スーパーのなかにはスターバックスの店があるが、いつも混んでいる。パソコンにむかっている男も見かける。しかし他の場所を探して雨のなかを移動するのも面倒なので、店内の、コミュニティーホールと称する地下のホールを利用することにした。ここには椅子とテーブルが置かれ、誰でも自由に使うことができる。〈グルメ・コーナー〉から飲み物を買ってきて憩っている人をよく見かける。殺風景といえば殺風景だが、静かなのがよい。

「何か買ってきましょうか」とY君が言った。「コーヒーぐらいはご馳走できますよ」

「いや、ぼくはいいよ。きみはどうぞ」

結局、二人とも何もとらず、閑散としたホールの簡素な小卓を挟んで腰をかけた。

Y君は今回は仕事で京都に来ていて、親戚の家に泊めてもらっていた。じつはしばらく前に会社を辞めて、今は独立して小さな出版プロダクションをやっているという。私はそれ以上詳しいことは訊ねなかった。彼の方も、先生の本を出させてくださいなどとは冗談にも言わない。

Y君はもともと口数の多い方ではない。私の方も隠居の身であるから話題が豊富なはずはない。やがて二人とも黙りこんでしまった。

やっとY君が口を開いた。

「最近、どんなものを読んでおられます」

「本もあまり読まないというか、読めなくなってね。眼がわるくなったし」

これではあまりに愛想がなく、気の毒になって言い足した。

「まあ、ときどき天野さんのものを読みかえしたり……」

「『北園町九十三番地』でしたか、あれはよかったですね」

Y君の反応はすこしずれている。以前この本が出たとき、彼は早速読んでハガキをくれたことがあった。

「最初のフランス語の授業のとき先生が、京都に天野忠というえらい詩人がいるが、知っているひと、と訊ねられたら、手を挙げるものはひとりもいなくて」

「へえ、そんなことあったかね」。私はすっかり忘れていた。

「ぼくもそのときはじめて、天野忠の名前を知ったんですよ。先生は黒板に「石」という詩を書いてくださって。いまも憶えていますよ。〈百九十米ほど　まっすぐに

跳んでみたい　と　かねがね思っていた石がいた……〉」

「〈しかし　跳ばないで　そこにいた。いまも　そこに居る〉」

と私が後をつづけ、二人で顔を見合せて笑った。

こんなふうにして時をすごし、私たちは別れた。

Y君はこれからよそへ回る用事があると言う。

「車でお送りしますよ」

借りた車でやって来ているのだった。

「いや、いいよ」

「雨が降ってますし」

「すこし歩きたいのでね。ありがとう」

Y君は店の出口までついて来た。

私は雨滴除けの半透明の雨袋から傘を抜き出し、降りつづく雨にむかって大きく開いた。

「立派な傘ですねえ」とY君が言った。

「天野さんの傘。……じゃあまた」

そう言って私は雨のなかに出て行った。

この傘は、天野忠さんが亡くなったときの香典返しの品であった。香典返しにこうもり傘というのは変っている。聞いたことがない。奇抜というか独創的というか、いずれにせよ思いついたのは遺族のだれかだろうが、天野さんらしくないこともないなと、一方でいくぶん納得したものだった。

傘は一見、真黒のようだが、明るいところでよく見ると黒にちかい濃い紫色である。布地は厚く丈夫そうで、かすかなつやをおびている。がっしりした茶色の柄はニスを塗ったように光っているが、これは薄い透明なビニールの膜に覆われているからである。その柄が、ふつうの傘よりも数センチ長い。そのせいで、傘全体がずいぶん大きく見える。重厚な感じである。折りたたみ傘に慣れた腕には当初、ずっしりと重く感じられた。その後もなかなか慣れることができない。というのは折りたたみ傘では間に合いそうにない本降りのとき以外には、用いないようにしているからである。外に持ち出すと盗られはしまいかという心配もあった。じつを言うと、もったいない気がして、最初の何年間かは実用品でなく記念の品として、傘立てではなく書斎の一隅に飾ってあったのである。もらってからすでに二十年ほども経っているのに、いまも新品のように見えるのはそのためだ。

ある雨の降る晩に、出町の枡形市場のなかの行きつけの店で、編集工房ノアの涸沢純平さんと酒を飲んだ。涸沢さんとはむかしいっしょに天野家を訪問した後で飲む習慣ができて、その後も年に二度ほどだが今もつづいている。涸沢さんは天野忠の詩集やエッセイ集を何冊も出していて、天野家との関係もふかい。

飲みおわって店を出ると、雨はまだ止んでいなかった。

私は彼の眼の前で、ぐいと力をこめて傘を押し開き、

「天野さんの傘」

と、見得を切って見せた。

「えっ、天野さんの傘?」

「ほら、以前に、香典返しにもらったでしょう、あの傘ですよ」

私は声をはずませて念をおした。

「そんなもの、ぼくもらってませんよ!」

「えっ」、私は絶句した。

香典返しにはふつう、みな同じ品をもらうだろう。最近はカタログで品を選べるやり方もあるが、天野家ではそうではなかった。当然、涸沢純平も私と同じ大きなこうもり傘をもらったものと決めこんで、「あ、懐しいですね」といった返事を期待していたのだった。

そうではなかったのである。

では、彼は何をもらったのか。

訊ねてみたが、関心なさそうに「忘れましたよ」と笑うのである。そんな薄情な、という言葉を私は呑みこんだ。二十年もむかしのこと。私にしてもそれが傘でなければ忘れていたにちがいないのだ。

傘、それも今どきのしゃれた携帯用の傘ではなく昔のままの、いやそれ以上に堂々と立派なこうもり傘である。そんな品物が香典返しとして天野家からとどけられたときの意外さ、奇異な感じについていちど話してみたいとかねがね思っていたのだった。しかし香典返しの品について云々するのは失礼と考え直し、また先方も同様の気持であろうと推察して、今日まで口にせずにいたのである。

したがって、〈傘仲間〉だと信じていたその相手の口から思いもよらず、「そんなもの、ぼくもらってませんよ」という言葉がとび出すのを耳にした瞬間、私は突然、とんでもない夢から醒めたような、きょとんとした気分におそわれたのだった。

ではは香典返しにこうもり傘をもらったのは私だけだろうか。そんなことがあるだろうか。

涸沢さんの話では、天野さんの奥さんなら相手によって香典返しの品を変えることも、考えられぬことではないと言う。

私は天野夫人の顔を思いうかべた。痩せた、もの静かな方である。私は個人的に親しくはないが、そんな奇抜なことを思いつきそうには見えない。いや、永年あのイケズな詩人と暮らしているうちに鍛えられたのか。「死んだ妻はよく眠ったものだ」とか、「五年前に妻は亡くなった」などと詩のなかで再三〈殺され〉ながら、しぶとく今日まで生きてきた方である。一筋縄ではいかないのかもしれない。

こんなことを想像しているうちに、私は自信がぐらつきはじめた。そもそも〈香典返しの傘〉というのが、滑稽な思いちがいではあるまいか。こういうことは最近よくあることだが。

そこで念のため妻に訊ねてみた。「そう、天野さんの香典返し」彼女はためらう色も見せず、きっぱりとこう答えたのである。

これでひとまず安心した私は、以後しばらく傘のことを忘れてすごした。ところが最近になって、また気になりだしたのである。香典返しに私だけがこうもり傘をもらう、そんなことが実際にありうるだろうか。この疑問はやがて固定観念となって付きまとうようになり、ついに私はこの際、何とかけりをつけたいと思うようになったのだった。

さて、どうすればよいか。

天野夫人はいまも元気で、元のところ、私の家から歩いて十分足らずの北園町にひとり住んでおられる。しかしこんなことを直接、あるいは電話ででも訊ねるのは失礼だし、先方も迷惑だろう。なにしろ二十年も前のこと、忘れましたと言われればそれまでである。

しばらくあれこれ思い悩んだあげく、ある日私は決心して長岡京市に住む長男の天野元氏に電話をかけた。事情を話し、何か思い当ることはないかと訊ねると、元氏は傘のことは憶えていないが、母なら相手によって香典返しの品を替えることはありえぬことではないと思うと、涸沢純平と同じようなことを言った。かすかな明りがさしてきた。元氏はつづけて、近く直美（元氏の夫人）が母の様子を見に行く予定があるからついでに訊ねて、何かわかったら電話すると約束してくれた。

一週間ほどして電話があった。香典返しの品は母と直美が相談して決めた。相手によって品物を替えたようだ。傘をもらった人は他にもいるかもしれない。

「母は元気にしていますが、なにしろ年ですから……」

秀子夫人は九十四歳だそうであった。

私のほかにも傘をもらった人がいるらしい。それは誰か。そこまでは調べる気になれない。第一、調べようがないのである。

確かなことは、私の手許に大きなこうもり傘が、〈天野さんの傘〉があるという疑いようのない事実である。

あれこれ思いをめぐらすうちに、次第に私はこんな妄想にとらわれはじめた。傘をもらったのはやっぱり私ひとりなのだ。あれは私への天野さんの贈物なのだ。……

世の中には、傘を持って出かけるとかならずといっていいほど乗物のなかや店で忘れてくるので、一本百円のビニール傘しか持たない（持たせてもらえない）人がいる。私はその逆で、傘を外に置き忘れたことがほとんどない。

したがって同じ一本の傘を何年も使いつづける。次第にそれは古び、方々傷んでくるが気にならない。もうそろそろ買い換えたら、と言われても、いやまだまだ使えると言ってボロ傘を手放さない。

——ある雨の日に、私はめずらしくひとりで天野家を訪れる。いつものようにウィスキーをごちそうになり、夕方お宅を辞する。

門のところまで見送りに出て来た夫人が私の傘に目をとめる。小さな穴があき、骨が一本折れて突き出ている。〈山田さん、あんな古い傘さして。……うちのおとうちゃんのも古いけど、もうすこしマシやのに〉

その晩、夫人は天野さんにそのことを話す。

〈そやかて、山田さんの誕生祝いにこうもり傘あげるわけにもいかんしなあ〉、しずかに笑いながら老詩人が言う。

天野さんの死後、夫人は自宅の茶の間で長男の嫁と香典返しの相談をする。外は雨が降っている。本降りの雨。〈足の丈夫なころは、こんな日でもおとうちゃんは散歩や言うて、好きなパンを買いに出て行かはったなあ。折角買うてきてあげたのに折りたたみ傘はきらいや言うて、古い大きなこうもり傘さして……〉

ふと夫人は、山田の持っていた傘のことを思い出す。あの折れた骨の突き出たボロ傘を思い出す。そしてまた、そのことで亡きひととかわした言葉を。〈そうや、山田さんには香典返しに傘をあげよう。おとうちゃんのさしてはったような大きなこうもり傘を。これなら、おとうちゃんも賛成してくれはるやろ……〉

車椅子のうえから、自宅のせまい庭に降る雨をじっとながめている天野さん。……

庭のざくろの木が今年は例年になくたくさんの花をつけた。その朱色がかった赤い花がかすかに風にゆれている。その木の下蔭にひっそりとどくだみの花が咲いている。暗緑の葉のなかに花辧の白がぽっと灯っているようだ。子供のころ嫌っていたどくだみ、その花をきれいだと感じはじめたのは何時のころからだろう。

梅雨に入ってから、うっとうしい日々がつづいている。しかしまだ本格的な雨の日は訪れない。予報によれば、今日の午後から降りはじめるそうだ。空を仰ぐ。雲が厚みをまし、しだいに暗くなっていくように見える。降りはじめるのも時間の問題だ。

傘立てに入っている
黒い大きな傘をおとりなさい
実際、ときどきは
こうもり傘をさして
雨のなかを歩くのもいいでしょう

すこしは重いかもしれません
すこしは手が疲れるかもしれません
それでもかまわぬ　散歩なさい
できることなら一人でなさい*

その傘が年ごとに、月ごとに重みをましてくる。

*エーリッヒ・ケストナー作「雨の十一月」（板倉鞆音訳）の筆者による改作（『天野さんの傘』編集工房ノア・二〇一五年七月）

ニーノさん

色川武大への追悼文でありまた「恋文」でもある大原富枝の短篇「男友達」を読んで心を動かされ、一面識もない作者に手紙を出したいきさつは、以前に別のところで書いた。もう、かれこれ十五、六年も前のことである。

その手紙がきっかけで始まった文通のなかで大原さんに紹介されたニーノというイタリア人のことは、いまもときおり懐かしく思い出す。本来はフランス文学が専門なのだが、京都大学にイタリア語を教えに行く予定だから、いちど会ってみるようにとすすめられたのだった。

その人物のことは、作者から贈られた短篇集『メノッキオ』のなかで少しは知っていた。メノッキオというのは、歴史家カルロ・ギンズブルグの『チーズとうじ虫』に出てくる、異端審問で火刑に処せられた粉挽屋ドメニコ・スカンデッラの通称である。

その物語のなかに、作者自身とおぼしき作家の笛田あさがボローニャを旅行中、その大学でフランス文学を教えるニーノ・ペテルノッツリとその母親に会う話がはさまる。

「大きな体格をしているが頑丈というのではない。どこかひ弱な感じがする。イタリア人らしい道具立ての大きな立派な顔だが、淡いブルーのひどくはかなげな瞳をしている。母がスエーデン人だったから、どことなく北欧系の匂いがする」

ニーノは不思議な男で、貧乏なくせに、つねに二、三人の居候をかかえている。気の毒な人を見ると、助けずにおられないのだ。

『メノッキオ』の礼状を出すと返事が来て、こうしたためられていた。

「ニーノはわたしがフランスから帰国した翌夜電話をくれました。いまごろはアドリア海の中の小島でマザーと泳いでいるはずです。秋には是非彼とお逢いになって見て下さいませ。日本人にはいないタイプの男性です。お身体お大切に」

すすめにしたがって、その年の十月にニーノなる人物に会いに行った。これもまた大原富枝の大切な「男友達」のひとりであろうし、私の敬愛する作家がそれほど言う以上、会っておくべきだろうと考えたのである。それでもふんぎりがつかぬまま、イタリア語のできる若い同僚のM君に相談すると、ニーノならよく知っているからと、家に連れて行ってくれた。

ジョヴァンニ・ペテルノッリ、通称ニーノは、京都のイタリア文学関係者の間では有名な人物らしかった。北白川の京大農学部グラウンド近くの日本家屋にひとりで住んでいた。独身のように見えた。学生風の日本人の若者が一人、同居していた。

年のころは判別しかねたが、たぶん私より少し下だったろう。つまり五十代のおわりごろということになる。大原富枝が書いているとおり、背がひじょうに高かった。ひ弱な感じというのもそのとおりで、こめかみあたりの薄く破れそうな肌に、血管がうっすらと青く透けて見えた。神秘的な印象をあたえる水のような淡いブルーの瞳、簡素な、修道士を思わせるもの静かなたたずまい。とにかく不思議な、たしかに「日本人にはいないタイプの男性」だった。

私が大原富枝に紹介された旨をのべると、ニーノは、あのひとはすばらしい作家で、自分は『婉という女』をイタリア語に訳したと言った。これは相当な人だな、と認識をあらたにした。

夕方になって外に出て、白川通りの居酒屋風の店に入った。M君と私はビールを注文したが、ニーノさんは水でいいと言う。ウーロン茶もことわり、水しか飲まなかった。どことなく禁欲的な感じから何か宗教的な理由でもあるのかと思ったが、実はそうではなかった。

大原富枝によると、ニーノは以前に脳腫瘍の手術を受けかろうじて一命をとりとめたが、以後タバコ、酒はもちろんのことコーヒー、紅茶、日本茶も一切受けつけぬ体になった。飲めるのは「純粋な水」だけ。

そうと知るとあの薄く繊細な肌から淡い瞳の色まで、すべてが「純粋な水」で出来ているような気がした。

からだのなかだけでなく、こころのうちにも不思議を抱えこんでいるニーノなる人物のことは、その後もひとつの謎のように胸に残った。

それから一年あまりたって、京大教養部にイタリア語の講座が新設され、この機会に私はニーノの国の言葉を学ぶことを思い立った。まさに六十の手習いである。さいわい、その授業は私の空き時間だった。毎週一回、私は自分のフランス語の授業を終えるとあわてて研究室にもどり、こんどは学生となってイタリア語の教科書を持って別の教室へ足を運び、最後列の席に身を隠すように着席した。初級文法の担当は日本人の先生だった。先生だけでなく学生にも、私は目ざわりな存在だったろう。しかし停年近くなって、一学生として教室に坐るのはなかなかおもしろい体験だった。

二年目の中級クラスになって先生がニーノに代った。最初の時間、学生のなかに私の顔を見つけると、旧友との再会を懐しむような表情をうかべた。そして授業が終るとそばへやって来て、あの不思議な神秘的な瞳でじっと私を見て Sta bene ?（お元気ですか）とやさしい声でたずねた。私は会話のテストをうけるように固くなって、Sì. と答えるのが精一杯だった。

毎時間、ニーノさんはわずかな時間を割いて、数名に減ってしまった学生相手に書取りをした。その静かな、どこか歌うような声の抑揚に私はしばし聴きほれた。イタリア語っていいな、どうしてもっと早く始めなかったのだろう、などと考えもした。

書取りが終ると学生の間を見て回り、長身の体を二つに折曲げてのぞきこみ、綴りの誤りを直した。できがいいと、Bravo! とささやいた。

ニーノさんはオペラが大変好きだった。もちろんイタリア・オペラである。ある日、カセットテープとレコーダーを持って教室に現れた。そしてベッリーニの『ノルマ』の第一幕でノルマの歌うあの有名なアリア、*Casta Diva*...（清らかな女神よ）を聴かせてくれた。歌っているのはマリア・カラスだった。

ニーノさんはあごに手を添え、曲に耳を傾けながら、どこか祈るような、また悲しげな表情をうかべて足もとをじっと見つめていた。終りまでくるとChe Bello!《ケ・ベッロ》（何て美しい）とつぶやいて冒頭のメロディを口ずさみ、テープを巻きもどしてまたはじめから聴かせてくれた。

ニーノさんの声には、聞く者の気持をやさしく鎮め慰めるような力があった。その声が聞きたくて、声だけでなく全身から発する俗世を離れたようなどこかはかなげな不思議な魅力に惹かれて、私は毎回教室に足を運んだ。

ニーノさんはやがて帰国した。その前に名刺をくれ、ボローニャに来ることがあったらぜひ連絡してほしいと言った。その機会もなく過ぎ、恩返しのつもりでイタリア語で手紙を書こうかなどと考えながらのびのびになっていた。あるときM君に消息をたずねると、先年ボローニャで会ったが、元気でまだ大学で教えているそうであった。相変らず居候を二人置いていた。……いちど手紙を出そうと思っているのだがと言うと、ニーノは返事はくれませんよと笑った。

いまでは私のイタリア語も錆びついてしまった。しかし、ニーノさんとともに過ごしたわずかな時間は、大学在職中の数少いしあわせな思い出として残っている。

Casta Diva を聴くとニーノさんの顔がうかぶ。Che bello の声がきこえてくる。私もまねてChe bello！と口に出して言ってみる。


（「文学界」二〇〇六年六月号。原題「ニーノさんのこと」）

ある冬の夜のできごと——坂本一亀

東京へ行く車中で読む本は『孤高の鬼たち』（文春文庫）と決めた。そこに収められている水上勉の「枯野の人・宇野浩二」を、なぜか読み返したくなったのだ。東京へ行くのは、元河出書房編集者、坂本一亀をしのぶ会に出席するためである。一亀は「かずき」と読むが、私たちは「いっきさん」の愛称で呼んでいた。九月二十八日（二〇〇二年）に多臓器不全のために死亡、八十歳と新聞は報じていた。しのぶ会が開かれたのは、一月ほど後の十月二十五日である。

『孤高の鬼たち』には北川荘平の「長篇小説の鬼　小説・高橋和巳」が収められている。高橋和巳が坂本一亀と深い関係があるのは周知のこと。しかし、この本を選んだとき、私はそこに思い至らなかった。ただどういう訳か、水上勉の「宇野浩二」を読み返したかったのである。

午後一時からの会なので日帰りで出かけた。車中、思いはどうしても、坂本夫人から電話で頼まれたスピーチのことへ向かう。すこし考えてみたがまとまらず、その時に任せることにした。いざという場合に備えて、一亀さんの手紙を懐にしのばせてある。

その手紙というのは、彼が熱心な読者であった「日本小説を読む会」会報の三百号記念号への寄稿依頼にたいする断りの返事（八六年十月二十四日付）だった。そのなかで一亀さんは、小説が読まれなくなり売れなくなっていく現状を憂い、全国各地に「読む会」支部をこしらえるという夢を語っている。

スピーチのことはわきに押しやって私は例の文庫本を取り出し、「枯野の人・宇野浩二」を読みはじめた。

読みすすむうち、水上勉が書き下ろし長篇『霧と影』のオビの推薦文をもらいに宇野浩二の家を訪ねるさい、担当編集者の坂本一亀が同行するくだりに出会った。

「坂本一亀をしのぶ会」に向かう途中たまたま読んでいた文章のなかにその当人が現れたので、おもしろいなと思った。そのときはただそう思ったにすぎなかった。

会は新宿のホテルで開かれる。駅前でさんざん迷った末、やっとたどり着いた送迎バスの発着所で、ばったり福田紀一に出会った。彼も私同様、坂本一亀の世話になったひとりである。妙に神妙な表情をしていた。まさか、しのぶ会の雰囲気を先取りしてではあるまいがと思っていると、そばへ寄って来て、何か重大な秘密でも打ち明けるように声をひそめ、「痔が腫れてね」と言った。日ごろ心筋梗塞におびえている彼の口から、思いがけぬ病名がとび出したので驚いた。それは辛かろうと同情しつつも、何やらおかしい。

人が溢れ出んばかりの会場のホールで、長男の坂本龍一氏のピアノ演奏が終るとともに会が始まった。この会は発起人、世話人などはなく、坂本家による招待の形をとっている。まず敬子夫人が挨拶をのべた。新聞では死因は「多臓器不全」となっているが、病名は詳しくは「結節性多発性動脈周囲炎」という難しいもので、これは永年リューマチの治療に用いていたステロイドの副作用による腎臓の病気だそうである。

その話を聞きながら私は、高橋和巳没後二十五年を記念して東京で催された「しのぶ会」のことを思い出した。六年前の一九九六年五月のことだった。病気中の一亀さんは、こういう場所に出るのは十五年ぶりだと言いつつも、昼の会の後、さらに五時ごろから十時すぎまで寺田博、金田太郎両氏、それに福田紀一と私を加えて酒を飲んだ。病身を気遣うわれわれの言葉にも耳をかさず、先に席を立とうとはしなかった。遠来の客への礼儀と心得ているように思えた。一亀さんはそういう義理固い人だったのである。別れしなに、誰か付き添おうと言うのを断り、ひとりタクシーに乗り込むのを見送ったのが最後となった。

献花、献杯の後、立食のパーティーが始まり、十名あまりの人が指名されてしゃべった。そのなかには村上龍、筑紫哲也といった故人と関係のなさそうな人もいた。水上勉夫人が、病気で出席できない本人に代って口述筆記のスピーチを読んだ。その前に自分の思い出を少しばかり話した。

水上勉の名を耳にした瞬間、車中で読んだ文章のことがよみがえった。偶然が重なったなと思った。しかしさらに夫人が『霧と影』の出版にまつわる話をはじめたときには、もはや驚くというよりもこうなると初めから決まっていたような、因縁じみた妙な納得の仕方をしていた。

水上勉の出世作となった『霧と影』の校正刷が坂本さんの手で真赤に直されていたこと、出来上ったばかりの本を持参した坂本さんに「これからはもう働かなくてもいいですよ」と言われたことなどを夫人は披露した。当時、水上勉は洋服屋に勤めて行商をしていたのである。

ついでに書き加えておくと、『霧と影』は坂本編集長から四回書き直しを命ぜられたそうである。赤字だらけの原稿を見ると語尾のほとんどが直され、また自分では巧みだと得意になっていた表現が、普通のわかりやすい言いまわしに変えられていた。そのとき坂本一亀に小説の文章を教わったと思う、と水上勉は後に書いている（『文壇放浪』）。

代読された水上勉のスピーチのなかにこんな話が出てきた。坂本さんにはどうやら鼻毛を抜く癖があったらしく、送られて来た校正刷に抜かれた毛がくっついていることがあった、云々。

会場が笑いにどよめいた。こういう席でもあり、一瞬、私はあっけにとられた。何年か後に、他のスピーチの内容は忘れても、この鼻毛の話だけは憶えているだろうと思った。

脇道にそれるが、鼻毛で思い出すのは夏目漱石のことである。内田百閒が分けてもらった『道草』の書きつぶしの原稿を調べていたら、丁寧に植え付けられた鼻毛が見つかった。「粘著力の強い、根もとの肉が、原稿紙に乾き著いて、その上から外の紙を重ねても、毛は剥落しなかったのである」（内田百閒「漱石遺毛」）

漱石に鼻毛を抜く癖があったらしいことは『吾輩は猫である』からうかがえるが、坂本一亀がそのことを憶えていたかどうかは明かでない。

元にもどって忘れぬうちに書いておくと、一亀さんの手紙の紹介とは別に、私がスピーチでしゃべったのはほぼつぎのようなことだった。

一亀さんには酒を飲んでいる最中、突然「ばかやろう！」と怒鳴りだす癖があった。これは有名な話で、何か議論をしていたわけでもないのに「ばかやろう！」と叫ぶのである。最初は面くらった。しかし不思議なことに腹は立たなかった。とくに私個人に向けられたのではなく、日ごろの鬱憤が酔いとともに爆発したもので、その気のゆるみを誘った私にたいし、一亀さんはむしろ親しみを抱いてくれているのだ、そんな風に解釈することにした。

「ばかやろう！」は深夜の電話で聞かされたこともある。のっけから「ばかやろう！」だったが、迷惑を感じるどころか、かえっておかしかった。怒鳴りつける相手が目の前にいなくて淋しいのだろうなと同情したくなった。

私の後に指名された福田紀一は、「ばかやろう」同様、これまた一亀さんの酒席での口癖であった「あきまへんで」について語った。これは関西人を相手にしたときだけだったのかもしれない。私もおぼえがある。何が「あかん」のか不明で、これもまた前後の関係なしにとび出して来るように思えた。それにつづいての「ばかやろう！」だった。「あきまへんで」はいわばその前兆、予告で、このふたつは坂本一亀のうちで、セットになっていたらしい。

あとで福田に、「おれにたいしては、〈あきまへんで〉でなく〈あきまへんぜ〉だったような気がするが」と言うと、彼はまじめな顔で即座に「いや、大阪人のおれには、ちゃんと〈あきまへんで〉と言うたよ」と答えた。

坂本さんと親しくなったころ、翻訳はべつとして、私には「VIKING」に連載した「スカトロジア」くらいしか自分の書いたものはなかった。そんな私に向かって一亀さんは会うごとに小説を書くようすすめた。

「山田さん、小説を書いて下さい」、彼は妙に改まった口調で言うのだった。「私は誰にでもこんなことは言いません。あなたは小説の書ける人だと睨んでいるから言うのです。ぜひ書いてください」

小説を書きたいと考えてはいたものの、こう面と向かって言われると、また一亀さんの言う「小説」とは高橋和巳の書くような長篇小説にちがいないという先入観もあって、私は照れ笑いをうかべながら「はあ」とか「まあそのうちに」などとはぐらかしていた。そもそも「小説を書いてください」と言われ「はい、書きます」と即答できる者はそう多くあるまいと思うが、高橋和巳などはその数少ない者のひとりだったのだろう。

こう書いてくると、私にたいする一亀さんの「あきまへんぜ（で？）」や「ばかやろう」には理由がなかったわけではなく、いくらかは小説執筆にたいする私の煮え切らぬ態度への苛立ち、歯がゆさから発していたのだと思えてくる。

その後、私が短篇小説を発表するようになってから顔を合わせる機会があると、遠慮がちな口調で「あれ読んだよ。いいよ。いいけどね……」と言葉を濁した。それは「長篇でないとオレは認めん」と言っているように聞こえた。

私は坂本一亀の期待についに応えることはできなかった。しかしその叱咤激励は後までも胸に残った。

一九六八年に河出書房が倒産した後新社となって再建されると、役員のひとりであった坂本一亀は引責退社し、数年後に構想社を設立した。

それから何年かたったある冬の夜、一亀さんから電話で呼び出されたことがある。京都に来ているとは知らなかったのでちょっと驚いた。桑原先生と富士さんに会って来たらしかった。「今回はほかの人には連絡しなかった。電話したのは君だけ」、そう声をひそめるように言い、私が突然の呼び出しに応じて出て来たのを大変喜んでいるように見えた。

当時はまだ多少馴染みのあった祇園のバアに案内した。少々疲れているように見えた。しゃべる声にも元気がなく、尾羽打ち枯らした風情だった。たしか『新編・久坂葉子作品集』の売れ行きがかんばしくないといった話が出たように思う。ほかにも出版事業がうまく行かず、桑原さん、富士さんに何か頼みに行って、色よい返事がもらえなかったのではないかと私は想像した。

しばらくしゃべっているうちに、酔いとともに一亀さんの声にやっと力がもどってきた。そして何の話をしていたのか忘れたが、例によって突然「あきまへんで」と

「ばかやろう！」が出た。黙っているとまた「ばかやろう！」と怒鳴り、さらにもう一度怒鳴った。三度目のとき、応対に窮した私にふと悪戯ごころが生まれた。私は負けずに声を張り上げて「ばかやろう！」と怒鳴り返した。

一瞬、一亀さんは怯み、眼鏡をはずした眼で私の顔を見返した。いま生じたことが理解できないでいる、そんな表情だった。つぎの瞬間、また「ばかやろう！」と怒鳴ったが、声から勢いが失せていた。「ばかやろう！」と私もやや声を落して応じた。その応酬が何度か繰り返された。

店に客は多くはなかったが、いい年をしたふたりの男が罵り合う姿はさぞや奇妙に映ったことだろう。店のマダムが心配そうな顔で見ていた。日ごろ大きな声を出したことのない私が怒鳴るのだから無理もない。そのうち宥めようと声をかけた。それを制して私は笑顔をこしらえて言った。「遊んでるんですよ」

その場がどう収まったのか忘れた。ただ夜半をすぎて別れるさい、タクシーで帰る私を、軍人風にしゃんと伸ばした背をわずかに前に倒し「ありがとうございました」と丁重に見送ってくれた姿は今も瞼にうかぶ。

坂本一亀といえば、あの「ばかやろう」合戦のことを思い出す。店のマダムのうろたえた顔も。今から思うと、あの夜、事業不振に悩んでいた一亀さんは、すがりつく思いでお知恵拝借に伺った桑原、富士の両氏から何か誇りを傷つけられるようなことでも言われ、その鬱憤をもてあましていたのではあるまいか。あの涙もろい人（彼が酒場で、やはり泣き上戸の高橋和巳と向き合って泣いていたという話は有名だ）は、たぶん酔いとともにこみ上げてくる悔し涙の代りに、「ばかやろう！」を連発していたのだ。一方、半ばふざけて「ばかやろう！」と応じた私も、相手の胸中を何となく察して、泣かれるのを避けようと柄にもなく悲鳴に近い声をふりしぼっていたのではないか。その胸のうちを一亀さんはわかってくれていたと思う。

こうして、この冬の一夜の小さなできごとによって、そしてまた「遺毛」によって、坂本一亀は私にとって忘れられぬ人となった。

（「海鳴り」16号・二〇〇四年五月。原題「ある冬の夜のこと」）

古稀の気分——松尾尊兊

「もしもし山田さん？　黒田です。お元気ですか」

きまって夜の七時半すぎにかかってくるその京なまりの女性の電話の声は、このようにはじまるのだった。

「あ、はい」一瞬ひるんでそう応じると、

「ああよかった。この暑いのにどうしてはるんやろ思うて。お元気なら安心しました。それだけです。さいなら」と切ろうとするので慌てて「奥さんの方はお変りありませんか」と訊ね返すと、

「元気やけど毎日しんどうてねえ、お医者さんはどっこも悪いとこない言わはるんやけど」「そりゃ、もうお年ですから……」と、こんな風にすすむのだった。私より六

つ年上の、しかしとてもそうは思えぬ若々しく張りのある声である。

ところがその晩はちがった。

「もしもし、山田さん？　黒田です。松尾さん最近どうしてはるんやろ。電話も何も全然ないの。あのひと体弱いしねえ。電話してほしいって伝えてくださいい、お願いします」で終った。たしか昨年（二〇一四）の八月か九月はじめのことだった。

考えてみると私自身、しばらく会っていなかった。しかし電話では何回かしゃべっている。

この前いっしょに黒田家を訪れたのは何時のことだったたか。古いカレンダーを調べてみると、一昨年の十二月十五日の欄につぎのような記入が見つかった。「黒田2・30　花」

そうだ、あの日近くのスーパーの花屋で花束をこしらえてもらったのだった。花は真紅の薔薇。それをかかえてバスで西陣の今小路七本松の黒田家へ向かった。意外と時間がかかり十五分ほど遅刻した。自転車で先に着いていた松尾が黒田夫人と二人で家の前の小路にまで出て待っていてくれた。

この家を訪ねるのは何年ぶりだろう。五十年、いや六十年は経っている。むかしここは、松尾や私のほか京大人文研分館の若い助手たちの遊び好きが黒田憲治や多田道太郎らの先輩に連れられてやって来て、マージャンの手ほどきをうけた「教室」だった。早々と脱落した私とことなり、何度も足を運んだ松尾にとって、さまざまな思い出にみちた場所にちがいなかった。その後何十年もたって、あるとき彼が今でもたまに黒田夫人の「美しい声」を聞くために電話していると洩らすのを聞いた私が、それならあのころを憶えている今はもう数少くなった生残りとして二人で訪ねて行こうと提案したのだった。

黒田家の応接間で私たちは思い出話——「日本映画を見る会」のことなどに時を忘れた。まるで昔を思い出すためにこの場所を借りたかのようだった。気がつくと、いつのまにか外はすっかり暗くなっていた。あわてて暇を乞う私たちに、黒田夫人が近くの市場で買っておいた湯葉の炊いたのと塩昆布ともう一品、土産に持たせてくれた。松尾は奥さんが脳梗塞の後遺症で介護施設に入っていて自炊生活を余儀なくされている、そんな事情を知っての夫人の心づかいであったのだろう。

大通りまで見送りに出てくれた夫人に厚く礼をのべて千本通りに向かった。松尾も自転車を押して付いてきた。そしてバスを待つ間、私たちはしばらく立ち話をして別れた。

翌日わが家の郵便受に、花束代の半額が端数までそろえて入れてあった。


黒田夫人の電話は私を不安にした。松尾の病気のことをどの程度知っているのだろう。しかしそう急を要することでもあるまいと私は考えた。彼とは千本今出川のバス停で別れて以来、たしか一度も会っていなかった。しかしあの日は元気そうに見えた。また、私はしばらく前にもらった論文によって、彼が戦時中、模範的な軍国少年であったことを知り大いに興味をかき立てられ、何度か電話または葉書で質問してはその都度返事をもらっていた。それでもまだ訊ねたいことがあるので、ちかく電話しようと考えていたところだった。ところがちょうどそのころ私は富士正晴について講演する約束があり、その準備に気を奪われ、電話は講演がすんで気が楽になってから、と延び延びになっていたのである。

その講演が十一月一日に終り、電話をしたのは翌々日の三日の夕方のことだった。

しばらく待たされてやっと出た。

声が異常だった。いまにも絶え入らんばかりに弱々しく「松尾です」と応じた。

「じつは三カ月ほど入院していてね、二、三日前に退院したところで……」

私は動転し、急いで黒田夫人の伝言をつたえると、

「わかりました。こちらから電話するからと伝えてください」と言った。

彼の病気は知っていた。それだけに病状を訊ねるのがこわく、見舞いの言葉もそこそこに急いで電話を切った。あの病で、いままた三カ月の入院そして退院、それが何を意味するか、いかに鈍感な私にものみこめた。

私が黒田夫人に電話し事情を説明したのは、二、三日たってからのことだった。

それからおよそ一月半たった十二月十八日付の京都新聞（朝刊）の片隅に小さく「大正時代の政治社会史研究の第一人者」松尾尊兊《たかよし》の死が報ぜられた。「悪性リンパ腫で十二月十四日に死去」と記されてあった。享年八十五。葬儀は近親者ですでに営まれていた。


松尾家のある修学院地区は私の家から歩いて行ける距離である。しかし私は弔問には訪れず、喪主の長男新氏にお悔み状を書いた。そして書棚に何冊かある松尾尊兊の著書のなかから『中野重治訪問記』（一九九九年、岩波書店）を取り出し読み返した。

松尾尊兊が若くしてこの高名なプロレタリア作家と親しくなれたのは、彼が北山茂夫の弟子であったためであった。「先生のおかげで中野さんの知遇を得たということは、私の一生の重大事だったことと思います」と彼は北山宛の手紙で書いている。当時立命館大学教授の日本史家北山茂夫と中野重治は親友だった。

一九五七年（昭和三十二）の夏、中野が比叡山で講演をするため入洛したおり、松尾は北山に中野の案内役を頼まれる。大原方面をめぐった後、ロープウェイで比叡山まで送りとどけて帰ろうとすると電車賃がない。往きに中野の分まで払ったので懐が空っぽだったのだ。そこで仮眠中の中野を起こし、電車賃をもらって帰る。

この出会い方がいい。おおらかというか、どこかすがすがしい。そしてしょっぱなから二人をつつむこの友情の気配は、後の二人の間柄を象徴しているように私には思える。

その後、彼は一九六四年（昭和三十九）五月に初めて自宅を訪問してから計三十三回中野を訪ねて行き、そのうちの二十二回は談話のメモをとった。メモは帰りの車中で記憶をたよりに要点を手帳に書きとめておき、後で文章化した。それと往復の書簡（松尾から四十一通、中野から二十七通）、それに北山茂夫の談話や手紙を加えこの二百ページほどの訪問記は成っている。

大正デモクラシーの研究家松尾尊兊が中野重治の役に立ちそうな資料をみつけてコピーを送る。一方、大正・昭和を共産党員として生きたこの作家が自らの貴重な体験を若い歴史家に語って聞かせる。最初のうちはそうしたいわばギヴ・アンド・テイク的な関係だったものが、回を重ねるうちに相互信頼から利害をこえた師弟愛、さらには友情とよびたい間柄にまで高まってゆく。

当時、日本共産党を除名されるなど多難な政治的立場に置かれていた中野重治にとって、いかなる政治党派にもぞくさぬ誠実な学究との「雑談」は、心安まるひとときであっただろう。

上京の機会あるごとに松尾は中野に電話をかけ訪ねて行く。中野はいつもいやな顔をみせず相手になってくれた。中野の死後、妻の原泉から「松尾さんは中野が心を開いて語りえた一人でした」と言われた、それほどの信頼感をえていたのだった。

鳥取出身の松尾（高校は松江）、福井出身の中野、島根（松江）出身の原、この三人の間にはどこか山陰・北陸の素朴な人間、あえていうなら田舎者同士の共感があったのではないか、そんなことをふと私は考える。それに松尾には純朴、真面目なカタブツの一面のほかに育ちのよさからくるおおらかさ、晴朗とでもいうべき健康な明るさがあった。人から好かれるタイプである。

やがて中野家で身内扱いされるようになり、夕食をともにし、泊めてもらったりもする。うれしいことにこの実証主義的歴史家は中野家の夕食の献立をメモするのを忘れていなかった。

一九七二年五月某日。

「蒲鉾の薄切り、サヨリとカツオの刺身、白魚と大根オロシ、牛肉のいため、酒はオールドパー」

なかなかの御馳走である。ただ酒はウィスキーでなく日本酒であってほしかった。

一九七九年（昭和五十四）八月二十五日の早朝、ロンドンに留学中の松尾尊兊は電報局からの電話で起こされる。京都の妻からの電報だった。しかし「シゲマルシシス」と英語なまりで読み上げられる電文は何のことやらわからず、すぐに宿を出て国際電話で妻に訊ね、やっとわかる。「重治氏死す」。Shigeharu のｈがｍと誤記されていたのだった。敬愛する老作家の健康状態が思わしくないことはすでに知っていたが、こうも早いとは予想していなかったにちがいない。しかし偶然の小さなミスのおかげで、訃報の衝撃はいくらか弱められたのだった。

それでも、この衝撃は忘れることができないと彼は書いている。そのとおりだろう。しかし彼はそのときの胸のうちを感情をこめて長々と語ったりはしない。事実を淡々と記述するのみである。帰国後、中野家を訪ねた松尾と迎える原泉との間でも、涙の場面はない。少なくとも描かれていない。二人は故人の書簡の蒐集、蔵書の整理などの手続きといった事務的な相談をはじめる。それから彼は中野の残した原稿用紙を形見にもらって帰るのである。

「中野さんとの対談は、私にとっては「楽しき雑談」でした。何か質問のために行くとか、依頼するとか、具体的な用件はほとんどありませんでした。丁度むかしの中学生や高校生が教師の家に駄弁《だべ》りに行くようなものでした」(「序　中野重治と私」)

ここを読んでふと、自分がかつて天野忠さんを訪ねて行ったときのことを思った。泊めてもらうことをのぞき、ほぼこのとおりだった。いや、違いがもうひとつある。松尾はほぼ対等に「駄弁った」だろうが、私はもっぱら聴き役にまわっていた。

本の奥付を見た。「一九九九年二月二十五日　第一刷発行」となっている。思い当るふしがあって、その年の日記を取出し、二月から三月にかけてのページに目を走らせた。すると三月八日の欄に、

「松尾尊兊『中野重治訪問記』を読みはじめる。なかなかいい。松尾の誠実な人柄がよく出ている。私が書きはじめた天野訪問記のようなものと同じものを考えていたのだ」という記述をみつけた。期せずして、かつての人文研の同僚同士がおなじようなものを書きはじめていたのだった。

さらに日記の三月十二日の欄にはつぎのようにあった。

「『北園町』の(6)にとりかかる。

松尾『訪問記』読了。すぐれた文学作品をよんだような清々しい印象。名著である。

誠実、有能な日本現代史の学究にたいする秀れた文学者の信頼と尊敬の念。

感情を抑えた歴史家らしい筆致。

松尾君に手紙書く。

最後のところのあっけないほどのあっさりした終り方よい」

そして六日後の十八日。

「松尾君より礼状とどく」

早速、古い手紙の束を取出して探すと、案外簡単にみつかった。全部で六通、切手のはってあるのは一通しかない。他は彼自身が自転車で配達してくれたものである。まず郵送されたその一通からはじめることにした。

便箋二枚にブルーブラックのインクの万年筆で、つぎのようにしたためられていた。

「拝啓

過日は御懇書ありがたく拝誦しました。拙著をわざわざ求めていただき恐縮です。その上、御過褒のお言葉をいただきましたこと、作家たる大兄からのお言葉だけにとくにうれしく存じました。（以下略）」

これによって『中野重治訪問記』は寄贈されたのではなく、自分で買って読んだことがわかった。

手紙にはさらにつぎのようなことがしたためられてあった。この本が出ると肩の荷が下りたように急に「古稀の気分」になり、とても「中野重治とその時代」など書けそうにない。また「大兄」にすすめられたような「松田道雄訪問記」も無理だが、せめて身近に接した諸先輩の思い出は何とか一冊にまとめておこうと計画中だ。

「松田道雄訪問記」云々は私の尊敬する、そして若いころの松尾の肺結核の主治医であった松田道雄さんのことも『中野重治訪問記』のような形で書き残しておいてほしいと、私が注文しておいたことをふまえている。それは実現されなかったが、「諸先輩の思い出」の方は約束が守られた。五年後の二〇〇四年に同じく岩波書店から出た『昨日の風景　師と友と』がそれである。そのなかに「一患者から見た松田道雄先生」と題する短い文章が収められている。初出は一九九八年六月四日の「京都新聞」。これは追悼文で、私の注文以前に書かれたものだが。

右の礼状のなかで松尾尊兊はまた「古稀の気分」についてつぎのように書き足していた。自分の「白血病類似」の病は今のところひとまずおさまっている。一方、年来の約束の原稿がいくつもたまっているので、これからはこの「文債」と「持病」と共生しながら生きていくことになるだろう。近ごろ夜には、もうこの年だからよかろうとの口実で酒をなめるようにしながら古い映画をビデオで見ている。ビデオが二百本ちかくもたまって、とても見きれない。……

二十代のころ、私とともに人文研の「日本映画を見る会」の熱心な会員（彼は事務を担当していた）であった松尾の映画熱はまだ冷めていないようだった。だがビデオ二百本とは。夜ひとりで酒をなめながら見ていたというのはどんな映画だったのだろう。やはり日本映画か、それとも後にアメリカ、イギリスに留学した彼のことだから洋画ファンになっていたのか。そして最近は？　あれ以来ずっとビデオで映画を見ていたのか。「古稀の気分」はまだつづいていたのか。

私は二年前の年の暮のことを思い出した。あの日、黒田家からの帰り道、松尾尊兊はいくら言っても先に帰ろうとせず、自転車のハンドルに手をかけて私に付添うように一緒にバスを待ってくれた。年末にしては妙に暖かい曇り空で、それでも日暮とともに寒さが足もとからはい上がってきた。ふと私は彼の健康のことを思った。見かけはがっしりした体つき（高校時代にテニスの選手だった）に、つい病人であることを忘れてしまうのだ。

「その後、体の方はどうなの」

「いやね」と彼は俯き加減になって答えた。「例の悪性リンパ腫がこれまで三回再発したけど、薬が効いてね。こんどは副作用も少く。いまのところ何とか抑えて、まあ元気」

彼の口から病名を聞くのは初めてではなかった。しかしその凶々しさとそれを口にする口調の軽さ、穏やかさに毎度戸惑い、詳しいことを訊きそびれたというか、訊くのがこわかったのである。いまもそうだった。とくに痩せてもいず、顔色もわるくない。それに今日もはるばる遠いところから自転車でやって来たと知れば、どこに病気があるのかとまた忘れそうになる。

話題を転じようとして私は訊ねた。

「その後、映画見てる?」

「いや全然」彼は眼の前で手をかるく振って笑い、それからすこし間をおいて、「じつはね」と、なにか小さな悪事でも打ち明けるように声を落して「きみなんか見ないだろうけど、ちかごろ推理もののテレビドラマにハマっててね。サワグチ・ヤスコという女優がちょっといいなと……」

そう言って照れたような笑いをうかべたのだった。テレビドラマを見ないし、サワグチ・ヤスコと聞いても顔も思いうかばない私はただ黙って聞いているばかりで、話はそれで跡切れ、しばらく沈黙がつづいた。

ぽつりと雨つぶが頬に当った。

「もう行ってくれよ、雨が降ってきたみたいだし」

「いや、かばんのなかにビニールの合羽が入っているから」

「これから修学院まで、自転車で？」

「うん、この自転車は電動式でね」と彼は電動式を恥じるように笑い、それから再三の私のうながしにやっと、

「そんならお先に失礼します。これからちょっと寄って行くところがあってね。——今日はどうもありがとう」

そう言い残すとそばを離れ、自転車を押しながら道を向う側へ渡って行った。

（『天野さんの傘』編集工房ノア・二〇一五年七月）

裸の少年

風呂場の洗面台の鏡に裸が映っている。毎晩のことだから、ふだんはいちいち眺めたりはしない。それがそのときにかぎって、ふと気になった。

くもりを拭って眺める。

とがった肩の骨、浮き出した鎖骨と肋骨。洗濯板のような胸。

もともとひどく痩せている。それがさらに痩せた。

順調に無にもどりつつある。自然である。

その裸の姿は、どこかで見たような気がした。そしてすぐ思い出した。

古い写真アルバムのなかに、一枚のセピア色に変色した手札型の写真が見つかった。

パンツ一枚で直立不動の姿勢をとっている丸刈頭の少年。痩せて肋が見えている。

現在の私の裸に似ている。いや、現在の私の裸の方が少年の裸に近づきつつある。

この写真は、海軍兵学校予科受験用のものだった。当時十四歳、中学二年生の私はそのころ住んでいた吉田中阿達町の家から、熊野神社のそばに戦争末期にも営業していた小さな写真館まで歩いて行き、事情を話して撮ってもらったのだった。先日、バスの窓から見ると、その店はいまも「上田写真場」の看板をかかげている。

昭和十九年（一九四四）の秋、私はこの写真を願書に添えて担任の教師に提出した。そして第一次（書類）選考にパスし、十二月はじめ、もうひとりの二年生のTとともに、三年生の受験生にまじって江田島へおもむき、筆記試験（たしか代数と幾何だけだった）と身体検査をうけた。結果は、私もTも不合格だった。

身体検査場で他の受験生の裸と見較べて、自分の体格のあまりの貧弱さに恥じ入った私は、こんなので合格するはずがないと半ば諦めていた。したがって不合格の知らせにもさほど落胆しなかったように思う。

ずっと後になってたまたまこのときの話が出たとき、老いた母は「不合格でほっとしたよ」とはじめて本心を明した。

いま、あらためてその裸の写真をながめて、こんな体でよくぞ軍の学校を志願したものだと感心する。一体、目方はどれくらいあったのだろう。

戦時に育った少年として、私は軍国少年ではあった(小学校入学の年の七月に〈支那事変〉が始まった)。しかし中学では軍事教練のほかはとくに軍国主義的教育をうけたおぼえはない。国のため、天皇陛下のために命を捧げる覚悟、殉国の思想などなかった。

私が兵学校予科を志願した動機はつきつめていえば、英語の勉強がしたいためであった。

当時つまり昭和十九年ごろ、私たち中学二年生は農村の勤労奉仕や防空壕掘りにかり出され、まともな授業はうけられなくなっていた。そこへ、兵学校ではまだ英語の授業が行われているらしいという噂が英語好きの私の耳に入った。それなら、いっそのこと兵学校に行った方がましだ――そんな幼稚な計算がはたらいたらしいのだ。戦争は間もなく終るらしい、という予感(予感だけでなく噂)もあった。父も、陸軍はだめだが兵学校なら受けてもよいと許してくれた。

だが真の動機は何であれ、自由主義的な校風の中学(京都一中)にいて、誰からもすすめられず、みずからすすんで二学年から軍の学校を志願した、その事実は後までも胸に重く残った。戦後、民主主義の社会に暮しながら私はそのことを忘れたことがなかった。大げさに言えば、それはどこか「前科」の意識に似ているように思えた。

後に自筆の年譜を作成する必要が生じたとき、不合格だった以上、ことさらそのことを記入する必要はあるまいと考える一方で、省けば隠したことになりそうな気がした。省いたまま忘れてしまうのではなかろうか。迷ったあげく、記入することにきめた。おまえは過去に軍の学校を志願した人間なんだぞと、自分自身に言いきかせるような気持で私はその項目を書き加えた。

それから何年も経ってすでに古稀をすぎたころ、数人の若い友人と雑談していて話が戦争中のことにおよんだとき、「山田さんは戦争中どんな少年でしたか」と問われ、あっさりと「軍国少年でした」と答えた。そう答えながら、しかし何かひっかかるものを覚えた。その「ひっかかるもの」は、その後しばらく消えなかった。

何だろうと考えた。「軍国少年でした」という答とそう答える私の気持の間にわずかなずれが、すきまがあるような感じがしたのだ。強いていえば、嘘をついたような後ろめたさ。

そしていま八十をすぎて、何十年ぶりかであの裸の少年の写真をながめていたとき、あらためて私は自問したのである。一体、自分の「軍国少年」とは何だったのか。

私はTのことを思い出した。むかし受験のためいっしょに江田島に渡ったもうひとりの二年生のことを。彼はいま、当時のことについてどんな思いをいだいているのだろう。はたして憶えているだろうか。

Tがいまも京都市内に健在であることを知ると私は彼に手紙を書き、むかし兵学校を受験したときのこと、志願の動機などをたずねてみた。

すぐに返事がとどいた。彼は私よりもたくさんのことを憶えていた。私たちが兵学校の近くの民家に分宿したこと、翌朝「全員起こし、五分前」の掛け声で一斉にとび起き、兵学校まで駈け足、グランドでライトによるモールス信号の練習をさせられたことなど。

海兵志願の動機についてはつぎのようにのべていた。戦争がつづくかぎりはどのみち軍隊に取られるのだから、そのときは〈幹候〉（幹部候補生）か〈海兵〉がいいと考えていたような気がする。岩田豊雄（獅子文六）の新聞小説『海軍』の影響もあったことは確だ、と。

軍のエリートコースを選んだという点で私と似ていた。*『海軍』は私も読んで影響をうけたにちがいない。これは全国の少年についてもいえることだったろう。私の場合は生れ育った北九州の港町の影響がつよかったと思う。軍隊といっても海軍のことしか念頭になかった。

＊小沢昭一は『わた史発掘――戦争を知っている子供たち』のなかで、麻布中学三年生で「赤誠あふれる憂国の純情少年」であった自分が海兵を志願した動機について、心の奥ではどうせ軍隊にとられるのならエリートコースの方がいいと考えていたと告白している。

その海兵（予科）では英語教育が熱心で、授業中は日本語禁止、辞書も英英辞典を使用させられた。体操の時間の号令まで英語で、たとえば「深呼吸」はDeep Breathing！といったそうである。おなじころ（一九四五年四月入学）海兵の予科生として長崎県の針尾分校で学んだ高林茂氏によれば、英語はアメリカのシアトル出身の日系二世の人が発音を指導、朝礼で桃太郎のような小話を英語で聞かせたそうである（「ゼロからの希望　戦後70年」京都新聞、二〇一五年二月二日朝刊）。

一方、同時期、江田島で本科一年生として教育をうけた科学史家中岡哲郎氏の話によると、入学後間もなく敵機の空襲にそなえて校舎の建物の解体、疎開、近くの山に横穴を掘っての防空壕作りなど土木作業ばかりで、英語の授業をうけた記憶はないそうである。そうだとすれば短期間にせよ英語の授業をうけられたのは、針尾分校の予科生だけだったことになる。

宮田昇著『敗戦三十三回忌　予科練の過去を歩く』、こういう題の本がみすず書房から送られてきたのは、ちょうど右のような過去の体験を反芻しているときだった。添えられた編集者Kさんの手紙には山田先生が興味を持って下さるかもしれないと考えて、とあった。

著者の宮田昇については少しは知っていた。戦後日本の著作権問題にふかくかかわった出版人・翻訳家で、以前に『戦後「翻訳」風雲録』という大変興味ぶかい本を読んだことがある。私より二つ年上の一九二八年生れだが、予科練の出身者であるとは意外であった。

自分の関心は海兵で予科練ではないのだがと思いつつ目次に目をやると、冒頭に

「軍国少年」という打ってつけの章がある。早速読んでみた。

著者によれば「軍国少年」とは広義では、太平洋戦争中に忠君愛国の軍国主義的教育をうけた少年をさすが、狭義では「その教育ゆえに天皇のために戦って死ぬのだと信じて疑わなかった少年、すなわち「予科練」のようなものに志願していったものを指していた」。

「だが、同年で一年後に海軍兵学校、陸軍予科士官学校にすすんだ少年たちは戦後、「軍国少年」といわれることはなかった。彼らは、旧制高校、大学予科、高専へ進学するのとおなじく、上級学校に入学したものと自他ともに認められているからである」

この分類によると私（およびT、小沢昭一ら）は広義の「軍国少年」ではあるが、海兵などを志願したがゆえに戦後に「「軍国少年」といわれることはなかった」少年群にぞくすることになる。

ところで狭義の「軍国少年」たちが殉国の情にかられて志願した予科練（正式には海軍飛行予科練習生）では戦争末期に必要な人員を確保するため、国のため天皇のために死ぬ覚悟のある少年、「極端にいえば五体満足で読み書きができればだれでもよい」そんな少年を大量に採用した（最後のころは十万人以上。一方、海兵予科でも増員がおこなわれたが、それでも経理学校をふくめ四千人）。予科練に採用された少年の多くは特攻隊員として無駄な死を強いられ、あるいは憧れの飛行機に乗ることさえできず（訓練用の飛行機がもはやなかったのだ）、滑走路や防空壕建設のための土木作業に狩り出された。宮田昇もそのひとりだった。このように予科練生は軍の上部によって最初から「消耗要員」とみなされていたのである。

これにたいし兵学校では戦争末期はべつとしてエリート教育がおこなわれていた。彼らは「消耗要員」どころか、戦後日本の再建に必要な人材として大切に扱われていたというわけである。

これに関連して保阪正康氏が「ちくま」に連載中の「戦場体験者の記憶と記録」の第二十一回（二〇一五・五）のなかで、つぎのような話を紹介している。特攻作戦では陸海軍合わせておよそ四千人の特攻隊員が死んでいるが、第一回の出撃に参加したのは多くは学徒兵、少年兵だった。なぜ海軍兵学校あるいは陸軍士官学校出身のパイロットが率先して参加しなかったのかと、特攻作戦に関わった元参謀にたずねたところ、彼らは育成するのに大変な元手がかかっていて、簡単に死なせるのは国の大きな損失となる。一方、学徒兵、少年兵らにはカネをかけていない。これが戦争というものだ。——ほぼ以上のように答えたという。

右のような差別は、入学前からすでに露骨に示されていた。経済学者の宮本憲一によれば、台湾の中学から海兵（たぶん予科だろう）に合格した彼（ら）は昭和二十年（一九四五）三月にゼロ戦二機に護られた輸送機で台湾から博多に運ばれた。一方、同じころ予科練合格者は駆逐艦で本土に送られ、その途中アメリカの潜水艦によって撃沈されたという（「人生の贈りもの」、朝日新聞、二〇一三年十一月十二日付夕刊）。

このように、狭義の軍国少年から見れば、海兵（予科）を志願した私たちは「軍国少年」の名に価しないエリート（のたまご）ということになる。私がひきずってきた軍国少年としての居心地のわるさ、いわば軍国少年コンプレックスは、少年の胸にすでに兆していたエリート志向を恥じる気持、特攻隊員として死んでいった自分とほぼ同年の少年たちへの後ろめたさなどの入り混じったものにちがいなかった。

この話はひとまずこれで終りにするつもりで、しかし適当な締めくくりの文章を思いつかぬまま、原稿をしばらく寝かせておいて何カ月か過ぎた。

するとそのころ、ちょうど『敗戦三十三回忌』の場合と同様のふしぎなタイミングで、むかし京大人文研で同僚であった日本近現代史研究者の松尾尊兊から、しばらく前にこんなものを書いたのでといって「戦中工場学徒勤労動員日記」（上、下）*の抜刷りをもらった。そしてそれを読んだのがきっかけとなってというか、それにうながされるようにして右の文章の続きを書く気になった。以下、話はまたすこし逸れて戦時中のことにもどる。

＊「鳥取地域史研究」第九、第十号、二〇〇七〜八。

私がもらった論文は、旧制鳥取一中の三年生であった松尾尊兊が、昭和十九年十月から翌二十年九月十六日まで軍需工場に動員されていた日々の日記にもとづいている。その「解説」のなかで彼はつぎのように書いていた。

「私の日記はおそらく軍国少年中の軍国少年の日記として位置づけられるのではなかろうか」

宮田昇の著書によって「軍国少年」失格を自認していた私は、私とほぼ同年（彼は一つ年上）の中学生の「軍国少年中の軍国少年」ぶりに大いに興味をそそられ、早速目を通してみた。そして昭和十九年の秋、彼が海軍経理学校予科を志願していることを知った。じつは兵学校へ行きたかったのだが、眼がわるいので断念したのだそうである。

（昭和十九年）十一月十七日（金）晴

（前略）帰宅後、海経不合格の事を聞く。別に落胆せず。海経の困難なることを感ず。実際、小生より劣れるもの海兵に入りし由、口惜し。然し、我本来の希望たる文科への道に邁進せんことを期す。（以下略）

「軍国少年中の軍国少年」を自認する松尾尊兊も、不合格によってとくに落胆してはいない。むしろ「本来の希望たる文科への道」へと向学心をふるい立たせるのである。宮田昇の観点からすれば、彼もまた狭義の「軍国少年」失格ということになるだろう。だが日記の他の箇所には例えば平泉澄の著作に感動したとか、かつて血盟団の井上日召の弟子であった人物に予科練の生徒から紹介された、といった記述がある。それから見ると、ひっそりと古い「英語青年」などを読んでいた私などより「軍国少年度」は高いというか、精神的にみてやはり「軍国少年中の軍国少年」と自称する資格は十分あったというべきだろう。

では、松尾は敗戦の日にどんなことを書いているか見てみよう。

八月十五日（水）晴

噫！　遂に大東亜戦争終局す。

正午の天皇陛下の御親らの大詔奉読を拝し、我等云ふべきことなく、たゞ涙滂沱と流るのみ。総ての努力は遂に水泡に帰したり。然れども我等は敗れたるにあらずして又敗れたり。陛下の民草を見給ふ大御心の深さを思へば、我等の不忠こゝにきはまれり。而うして、承詔必謹は臣の道なり。かくなる上は、あらゆる困苦をしのぎ、臥薪嘗胆誓って皇国隆昌を図らんとするものなり。今に見よ、必ずや〳〵仇を取り、大御心を安んじまつらんことを期す。

これを当時私もつけていた日記と較べてみる。参考までに八月十五日以前のところからすこし見ていくことにしよう。

「七月一日　日曜日　曇後雨　起床六・四十、就九・半
起床と共に激しい空腹を感ず」

「空腹」、これが当時の私の生活の基調だったのである。そのせいか、食べものにかんする記述が多い。戦況にかんするものも毎日のようにあるが、それは申し訳程度だったろう。食べざかりの少年にとって、戦うべき相手はアメリカよりもまず飢えだったのである。家庭菜園でとれたトマトや南瓜で腹をみたしたとか、動員されていた工場で配給された食料品としてカレー粉二箱とか、塩漬けの魚三尾などとこまかいことが記されている。また雲丹（七円）にはウジがみつかったといったことも。

一方、七月十二日には「ジキール博士とハイド氏を読む」とあり、さらに十八日のところにはつぎの記述がある。

「近頃、よく昔の思い出話をする。僕は昔の、平和時代の楽しかった事を語り合うのが大好きだ。食物、旅行、等、色々話は無尽だ」。私の回顧趣味が戦時中にすでにあらわれている。

こうして寄り道しながら八月十五日のところまでページを繰っていこうとして、その前に新聞の切抜きが挟んであるのが見つかった。八月九日のところで、ソ聯軍が突

如、ソ満国境をこえて侵攻を開始したと報じる大見出しの記事である。

その日の項の後の方に目を移すと、「八月六日に少数機の広島空襲に於て、新型爆弾を使用し、為に相当の被害ありと大本営の発表があった」と書かれている。さらに十一日には、その「新型爆弾」というのは「原子爆弾」であり、それがふたたび長崎で使用されたらしい、とある。

そこで「松尾日記」にもどって八月八日の項を見ると、姉から広島市全滅の報を聞いた、とあり、「たましひは永久にまもらむこの皇土　身は爆弾に砕け散るとも」ほか一首が書き添えられていた。

さて八月十五日であるが、私の日記は松尾尊兊のものと較べはるかに長い。ノートに四ページにわたり、黒インクでぎっしりと縦書きされている。全部は必要ないので、約四分の一に当る最初の部分のみを書き写す。

八月十五日　水
起床五・十五　就寝十時
幾多の将兵が、又同胞が尊い血を捧げて今日迄唯ひたすら皇国の必勝を信じつつ北に、南に散ってゆかれた此大東亜戦争も、最近の米国の人類の滅亡を招く恐るべき原子爆弾の使用と、ソ聯の対日宣戦とにより、之以上の抗戦は日本民族の滅亡のみならず、人類の滅亡さへ導くおそれあり、又、我国の一億特攻精神を根抵《ママ》から覆すものなるを以て、遂に我国は、血涙をのんで米、英、ソ、支の四ケ国に和を媾ずるの止むを得なくなったのである。（おわりの「和を媾ずる…」から下の部分に赤の傍線）

朝刊で「本日正后重大放送あり、一億国民必ず聴くべし」との大活字を見、心に何か思ひ当るところがあった。出勤者全員整列の中に、重大放送は、息づまる様な緊張の中に始った。

畏くも聖上陛下におかせられては、御自ら詔書を奉読あらせられ、その玉音の放送を謹聴したのである。あゝ、国民たる者の光栄、之に過ぎるものあらうか。唯々、頭の下るのを覚ゆるのみであった。

以下、「嗚呼！　聖断は下され、国体は護持された」、「嗚呼！　我々の血と涙の戦は始まった」といった文章が長々と三ページもつづく。* 新聞の社説でも書き写したような無味乾燥な文章である。

＊概して「八月十五日」の日記は極端に長いか短いかのようだ。以下わずか二例にすぎないが、高見順（『敗戦日記』）では文庫判で約五ページ、山田風太郎（『戦中派　不戦日記』）ではわずか一行。「十五日（水）　炎天○帝国ツイニ敵ニ屈ス」。

「玉音放送」を私は疎開工場のあった青田のなかの修学院小学校の校庭の、炎天下で聞いた。私の場合、松尾尊兊のように「たゞ涙滂沱と流るのみ」とはいかなかった。私のまわりには泣いている生徒も先生もいなかったように思う。「頭の下るを覚ゆる」と書いている私自身、実は内心ほっとしていたのではないか。その日の夕方、帰宅して顔を合わせた父が、「マケタ……」と気の抜けたような声でつぶやき、薄笑いをうかべて顔をそむけたのを思いだす。

私の日記の記述から悲憤慷慨調はその後、日を追って少くなっていき、かわりに日常生活とくに配給の食糧についての記述がふえていく。「九カ月ぶりに牛肉や食用油の配給があった」、「配給の雲丹にウジがわいていた」、あるいは「勤労動員の報償金として百十一円七銭（二カ月分）もらえるらしい」というのもある。

こうして八月のおわりまで目を通してきて、私は思わぬ発見をすることになる。

八月三十一日　金（雨）　起五・四十分　就九・二十分

（前略）

四時頃から父と銭湯へ行く。おそる〳〵しかしその中にわづかな希望をもって、秤にのってみた。針は三十一・五瓩を示す。八貫四百匁だ。去年の暮は九貫五百位はあったのに。一年生の時よりも少い位になってしまった。今後どれ位恢復するかが問題である。

ここで図らずも冒頭の裸の少年に再会する。

敗戦の年の夏、私は一方ではげしい空腹をおぼえつつ、しつこい下痢に悩まされていた。病院で腸カタルと診断され薬をもらった。また灸をすえもした。いずれも効かなかった。今から思えばあきらかに栄養失調だった。

もともと痩せていたのがさらに痩せた。会う人ごとに痩せたなと言われた。

体重三十一・五キロ。この日も銭湯の鏡に映る自分の裸をながめながら、痩せたな、と胸のうちでつぶやいたのだろう。

日記にはまた「去年の暮は九貫五百位はあったのに」とある。「去年の暮」、つまり昭和十九年のおわりごろというのは、私が海兵予科を受験した時期と重なる。そのころ、あの裸の少年の体重は九貫五百、およそ三十五・五キロしかなかったことがこれで判る。比較のために付け加えれば、「松尾日記」の昭和二十年五月十六日の項には体重が五十三瓩とある。ひとつ年上とはいえ、ずいぶん目方がある。田舎で食糧事情がよかっただけではないだろう。

わずか三十五・五キロ。そんな痩せた体で、無邪気にもただ英語の勉強がしたい一念から兵学校予科を受験し、身体検査官をおどろかせる。

そして、すでに別のところで書いたようにこの日記をつけてから一年後のおなじ夏に、鏡で裸をながめた銭湯のとなりの教会内の英語講習会で、キャサリン・マンスフィールドの「*Garden Party*」を読んで感動する。こうして私の戦後が始まるのだ。

その後、少年は六十数年を生きのび、八十三歳の誕生日を迎えた。それでも今なお自分のうちに気を付けの姿勢をとった裸の少年が生きていて、老いた私を見ていると感じる瞬間がある。

現在、体重は四十三キロ。あの少年にもどるまで、まだ八キロほどある。

付記　本稿を書きおえた後、未発表のまま一年余を過ごすうち、松尾尊兊が逝った。最初に読んでほしいと考えていた相手だけに喪失感はいっそう深い。ここに哀悼の意をこめて本稿を同君の霊に捧げる。

（『天野さんの傘』編集工房ノア・二〇一五年七月）

*

神泉苑

「近頃の前田君をくるしめている最も大きな問題のひとつは、ひとと会って話しあったあと、どのようにして別れるかという、その別れ方である。考えれば考えるほど判らなくなる。(中略)かってはあれほどいそいそとひとに会いに出掛けた前田君も、近頃はいささかノイローゼ気味であり、いっそ誰にも会うまいかなどと極端にまで思いつめているのである」
沢田閏「別れ」

M胃腸科病院は、堀川御池の北東の角にある煤けた外観の病院だった。歩道に面してすぐのところに建物の大きさのわりには貧相な、たとえば小さな歯科医院の入口ほどの硝子扉がついている。病院というものは、大通りの喧騒からすこしひっこんだ場所に身を隠すように建っているものだというわたしの先入観からすれば、その五階だか六階だかの建物が、なんとなくシャバの汚れに肌身を曝しているような印象をうけた。それはまた健康と病気のけじめがあいまいな、何か落ち着かぬたたずまいである。

三月なかばの、寒のもどりのつよく感じられる日の午後であった。午前中の雨が上ると同時に風が出て、比良の八講の荒れを思わせる不穏な空模様である。家を出しなにふり仰いだ比叡の山頂が白く雪に覆われていたのを思い出す。

年が明けたら見舞いに、と気にかかっていながら一月は行き、二月は逃げて時はたちまち過ぎ、沢田の家に電話をしたのは三月に入ってからだった。まだ退院しているはずはなく、その後もずっと高槻医大の病院に入院中と思いこんでいた。ところが夫人の話では、いまは京都のM胃腸科病院にいるそうだ。それならなおのこと、すぐにでも見舞いたい。病状をたずねると、

「肝臓がわるくなって、この前は黄疸が出たり足がむくんだりしてましたけど、いまはわりに元気で。お腹に水がたまってますけどね。……京都を自分の庭みたいに考えて」

そう言って笑う夫人の声はむしろ明るかった。「自分の庭みたいに考えて」というのは、勝手に外出して出歩いているということだろう。その元気さが一体何を意味し

ているのかとっさには解しかねた。ただ、本当に快方に向かっているのでないことだけは確かなようだ。

わたしは近々見舞いに行きたいので、本人の意向をたずねてほしいとたのんだ。「この前、島田さんが不意に見舞いに来られたときは外出中で、一時間ほど待って結局会えずに帰らはったそうで」。島田尚一は大学の同僚である。

右のようなやりとりがあって二、三日後にふたたび電話すると、見舞ってもいいとの返事で、日と時間を決めたのだった。

すでに外来受付の終った病院内は閑散として人気がない。受付で来意を告げたが要領をえず、わたしは教えられていたとおり階段から二階へ上った。うす暗く蛍光灯に照らされた廊下をすこし行くと二〇三号室があった。開け放たれたドアから中がのぞけた。窓のない五人部屋には、長患いの、しかも高齢の病人たちがむしろのんびりと憩っている風で、一切の飾りを脱ぎすてた入院生活の日常がさらけ出されていた。うす暗がりのなかで週刊誌に読みふける人々は、わたしの姿に目も向けない。

しきいのところで戸惑ったまま室内を見まわすが、沢田の姿は見えない。ベッドに起き上っていた老人にたずねると、「さっき出て行かはりましたで」と答える。目でさし示すいちばん奥のベッドは、たしかに空だった。ああやっぱり。とっさにその思いが胸に来た。午後三時と時間は伝えてある。それをわずか五分ほど過ぎたばかりだった。いないのではあるまいか、という胸に潜んでいた危惧の念が、急に現実味をおびてくる。

廊下に出て、長椅子に腰をかけてタバコをすっている患者にもういちどたずねてみた。

「さあ、出て行かはりましたで」

もどって来たのは同じ返事だった。

「どこに……」

「どこ行かはったんやろ」

「服を着替えて？」

「へえ、なんや着たはったみたいやなあ」

危惧の念はいまはもう確信に変っていた。わたしは一階へ下り、受付の窓口のあどけない顔付の看護婦に念をおしてみた。

「二〇三号室の沢田さん、外出中ですか」

彼女は気のなさそうな様子でカードをパラパラとめくってから、
「外出願いは出てませんけど……」
と言葉をにごした。もう慣れ切ってむしろ冷淡な表情に思えた。「自分の庭みたいに」と言った夫人の言葉を思い出した。島田は一時間も空しく待ったあげく引き揚げたのだ。こんどはおれの番か。そう覚悟してわたしは受付のわきの、付けっ放しのテレビの画像がチカチカ動いている誰もいない寒々とした待合室の長椅子に腰をおろした。見舞いをいったん承諾しておきながら、急に気が変ったのではないか。そうしたこころの動きを想像しながらわたしは長椅子の冷たいビニールの上でコートの襟を立てて腕組みをして、持久戦にそなえた。

この二十年ばかりの間、彼が膵臓炎で入退院を繰り返していることは友人間で周知のことだった。「また入院したらしい」と聞いても、もう驚かなくなっていた。それは「退院した」と聞いて安心しないのと同様だった。

何時のころからか彼は旧友を避けるようになっていた。「VIKING」、「日本小説を読む会」、「バルザックを読む会」、「ぬーぼうの会」。——昭和二十年代後半から三十年代にかけてわたしの属した会にはつねに沢田閏の姿があった。いずれも彼がわたしを、あるいはわたしが彼を誘ったのだった。それはちょうどわたしたちの青春後期に当る数年間だった。交友はそれ以前、京大での学生時代にはじまっていた。学生時代の仲間は卒業後は就職や結婚をきっかけに離ればなれになっていく。新しい家庭が友情の障壁と化すこともある。友情のみを基盤にした会は、このあたりでたいていはつぶれる。ちょうどそうした時期だった。他の理由もからんで「バルザックを読む会」が消え、「ぬーぼうの会」がつぶれ、残ったのは「VIKING」と「日本小説を読む会」だけになった。その「VIKING」と、彼が最古参の会員のひとりであった「よむ会」にも、やがて彼は姿を見せなくなる。「よむ会」には最後まで会員として名を連ねていたものの、十数年前からほとんど出席しなくなっていた。出て来るよう誘っても反応はなかった。消息を誰も知らなくなった。相変らず飲んではいるらしかった。頑なに旧友に背を向けて生きている彼の姿を、ただ遠くからながめているより仕方がなかった。

それでも、まれに何かのパーティーで顔を合わすと、彼は数年間の空白などなかったかのようになれなれしく身を寄せて来て、だしぬけに友人の誰彼の滑稽なゴシップを披露したりするのだった。

「あいつな、ステテコを前と後まちがえてはいて来よってな、小便でけへんのや。そいでな、大便の方に行ってズボン脱いで……」

そう言って彼はひとり笑い崩れる。まるで疎遠にしていた時間のきまずさを必死で消し去ろうとするかのように。あれは彼一流の演技だったのだろうか、人一倍照れ屋で内向的でもあった沢田の。そのようなとき彼はよくわたしの肩に手をかけたり、ときには腰に手をまわしたりした。肉体に触れていないと、もう気持が通じ合わなくなっている、とでも思っているかのように。わたしはその突然のなれなれしさが気色わるく、逃げる構えになった。それは敏感な彼には、体でなくこころが逃げると感じられたにちがいなかった。「何かあったら声かけてくれな」。気の弱さのにじみ出る声でそんなことも言った。本来淋しがり屋で、集まるのが好きなのだ。しかしその好きな会にも無断で欠席したり、一時間も二時間も遅刻した。すでに酒が入っていた。酔いの力を借りなければ人々のなかへ出て行けないのだ。入退院を繰り返すうちに友人たちに遅れをとってしまった焦り、他人の成功への嫉みなどもあったのか。

いま三十余年の交友をふり返ると、肉体的にも精神的にもマイナスの要素のみをせっせと掻き集め、しかもそれをプラスに転じることなく、ただ負の力のみをエネルギー源として敏捷に動き回っている男の姿がうかんでくる。他の人間ならプラスになりうる条件をことごとくマイナスと化してしまうおかしな才能のようなもの。暗い人間というのとはちがうのだ。沢田閏のまわりは一見、陽気で明るいのだった。その陽気さ、明るさは彼の貯めこんだ負の発する偽りの陽気さ、偽りの明るさのようにわたしには思えるのだった。

二十分ほども待っただろうか、わたしは退屈しのぎに腰を上げ、ふたたび二階の病室をのぞいてみた。ひょっとして別の裏口からでも帰って来て待っているかもしれない。だがベッドは依然空のままで、毛布の片づけられたシーツの白さがいちだんと目についた。それに誘われるようになかへ入り、ベッドのそばまで行った。

ふと二年前の年の暮れに、友人の福田紀一とふたりで高槻医大の病院に見舞ったときの情景がよみがえった。

わたしたちが病院のエレベーターを降り、病室のまえまで来るのとほぼ同時にドアが開き、ひとりの小さな老人が出て来た。その人物と顔を見合わせ、わたしははっと息をのんだ。怯えにちかかった。沢田とわかったのが不思議だった。別の場所でなら、見すごしていたにちがいない。痩せて小さく萎れた異様にどす黒い顔、大きく見開かれた目。元来童顔だったのが髪を短く刈ったためいっそう幼く見え、それが皺のふえた肌と奇妙な対照をなしていた。おそろしい病気によってたちまち老人と化してしまった、そんなおぞましさだった。

いまベッドの枕もとには、一冊の本が投げ出したように置かれていた。その背には英語でPhysics Handbookと読めた。わたしは、彼が大学に入るまえ、理科系の専門学校に一時在籍していたことを思い出した。それにしても病床でこんな本を。

病室を出ようとしたときだった。背後の空気がかすかにゆれる気配にふり向くと、沢田が立っていた。まるで不意に湧いて出たようだった。「帰って来はりましたで」。同室の患者の声が耳に入った。

「すまんな、だいぶん待ったか。ちょっと散髪行って来たんや」。例の照れたような表情をうかべながら彼は言った。

「散髪屋でえらい待たされてなあ」

その異様な風貌に、つとめて平静をよそおいながらわたしは応じた。

「どうや。わりに元気そうやな。そんなに出歩いてええんか」

「かめへんね。足が弱らんようにすこし歩いた方がええねん。医者からも散歩するよう言われてるし」

だぶだぶのコートのうえから腹部の膨らみが察せられた。五分刈りに刈りこんだ、少ないが黒い髪、肝臓病患者特有のどす黒さの際立つ剃りたてのすべすべした顔の肌、こざっぱりした身づくろいなどに、見舞客への心づかいが感じられた。そうだった、この男には偏執に近い身ぎれい好きなところがあった。しょっちゅう手を洗い、いつも着替えの下着を持ち歩いたりしていた。

「まあ坐れや」

彼は片隅から小さな背のない腰掛けを運んできてわたしのまえに置き、もてなすものが何もないのを謝りながら、ポットから白湯をプラスチックのコップに注いで手渡してくれた。それからベッドに浅く腰をかけ、訊ねられるまでもなく、淡々と病状の報告をはじめた。

彼の目下の主な病気は、まえから聞いていたとおり肝硬変だった。膵臓炎にはじまり、入退院を繰り返すうちに病状は悪化し、肝臓におよんだのである。

「肝臓と糖尿や。このまえまで足がむくんでてね。黄疸も出てたけど。こんどは腹に水がたまるようになってね」

すでに夫人から聞いていたとおりのことを語りながら、彼はコートのうえから丸く膨れた腹をさすってみせた。もともと小柄なのが痩せていっそう小さくなったように見える全身のなかで、その部分だけがフットボールでも隠しているかのように膨れていた。

病状の凶々しい証拠を見せつけられる思いで、わたしは思わず目を逸らした。

「臨月の腹みたいやろ」

冗談めかして言う彼に、ほかのときなら「こら双子やな」とでも調子を合わせるところだが、そうもできずに真面目な顔でたずねる。

「その水、注射器か何かで吸い出すわけにはいかんのか」

「それがな、腹水ちゅうのは滲出性と漏水性とあってな。ぼくのは漏水性で吸い出せへんね」

そう言って彼は専門用語をまじえながら、腹水について説明しはじめた。すでに見舞客に何度も同じことをしゃべったのにちがいなかった。重態の自分の病状について語る淡々とした口ぶりにはどこかすでに病気を超越した、いわば達観すら感じられた。

「えらい詳しいな」

「おれ、よう勉強したんやで。いまは医者よりもおれの方が詳しいくらいや。若い医者がえらそうに何か言うやろ。先生、それ、こうとちがうんですか、て質問したるんや。誰それの本にはこう書いてあります、て。いやあな顔しよるわ」

そう言ってけたけた笑いながら、彼は医者の批評をはじめた。出身大学によって分類し、その優劣を論じた。ところどころに辛辣な観察をまじえながら笑う彼の変り果てた容貌のしたから、往年のからかい上手な沢田閏の茶目気たっぷりの表情がのぞくのを見て、わたしのこころはわずかに和んだ。

それに水をさすように、彼はこう言った。

「肝硬変になったら、ふつう三年以内に死ぬそうや」

「ふーん、そうか」

相手の淡々とした口調につい合わせてそう応じたわたしは、あわてて言葉をついだ。

「それでも、きみはまだまだ……」

そのとき部屋の入口に足音がして、ふたりの看護婦が勢いよく入って来た。

「やっと見つかった！」

かなり年配の方のが笑いながら言った。

「お腹測りますよ」

「毎日、腹のまわりを測るんや」

と沢田が言い、わたしはすぐに席をはずした。

「待っててな。すぐ済むし」

頃合いをはかってもどって来ると、ちょうど看護婦たちが引き揚げるところだった。

「今日は八十センチや。だいぶ小そうなった。ひところは九十センチもあったんやで」

その十センチの減少が病気全体にとって何を意味するのかわたしにはわからない。気休めを言ったところで仕方なく、黙って時間を見た。もうそろそろ引き揚げなくては。そう考えはじめたとき、突然、彼が言った。

「ちょっと出かけよう」

「えっ、それはやめとこうや」

「かめへんね。散歩した方がええと医者にも言われてるし」

すでに彼はコートをはおり、外出の身支度をととのえている。もうこうなったら従わざるをえまい。前回、福田紀一と高槻に見舞ったときのことがとっさに記憶によみがえった。あのときも彼はわたしたちを病院の一階の喫茶店に誘ったのだ。そして土曜日の午後で閉っているとわかると、「ちょっと出よう。うまいコーヒー飲ませる店があるし」と言って、制止に耳もかさず、パジャマのうえにジャンパー、足にはつっかけといった妙な恰好のまま、年末の寒さのなかを病院の外へわたしたちを連れ出したのだった。

もう逆らうことはせず、おとなしく彼について病院を出ることにきめた。

「近くに神泉苑ちゅうとこがあるんや。そこ行こ」

えっ、とわたしは胸のうちでさけんだ。今日は意表をつかれどおしだ。神泉苑は平安時代の大庭園であるが、現在残っているのはそのごく一部にすぎない。それがこの近辺にあるということを、京都の史蹟に疎いわたしは知らなかった。その由緒ある名園を訪ねようというのだ。コーヒーを飲みにではなく。心境の変化だろうか。それでも、医者のすすめとはいえ一日にそう何度も「散歩」していいはずはない。だが行先が喫茶店などでないと知って、こころのいくぶん安らぐのをおぼえながら彼の後からついて行った。

その界隈の地理は彼の方が詳しいはずだった。神泉苑にはときどき散歩に行っているのだろうか。歩を運ぶごとにドボリドボリと音の聞えてきそうな大きな腹を苦にする風でもなく、何が入っているのか小さなビニールの袋をぶら下げて彼は歩いて行く。神泉苑はすぐ近くのはずだった。

「何があるんや、その神泉苑に」

もう時刻は夕暮れちかく、はたして今からでも入れるのかと不安が胸をかすめる。わたしの問いをはぐらかすように彼はあいまいに応じるのみだ。それからしばらく、ふたりとも黙りこんで足を運んだ。病院へ来るときの強い風はおさまり、寒さもゆるんだようだ。わたしの住む洛北とくらべるとわずかながら気温が高いらしい。それをわたしは病人のためによろこぶ。

こうやってふたり肩を並べて街を歩くのは何年ぶりのことだろう。横を向きさえしなければ、変り果てた容貌と丸く膨れた腹が目に入りさえしなければ、現実を忘れてしまいそうだ。こうして重病人と出歩いていることが、ふと夢のなかでのことのように思えてくる。

ヤマダセンセ、ヤマダセンセ。そう呼びかけられて立ち止まり、ふり向くと沢田が笑っていた。

「えらいコワイ顔して」

そう言いながら肩に手をかけてくる。

あれはいつのことだったか。たしか河原町蛸薬師あたりの西側の歩道の上でのこと。夕方の五時ごろ、わたしは映画を見て帰るところだった。まだ映画の感動にひたったままの顔で三条通りに向かって足を速めていたのだ。

久しぶりに会う沢田は、派手な真赤なトックリのセーターに下はジーンズのズボンという、大学教師にしては珍妙な服装で、すでに彼のトレードマークとなっていた大きなビニール袋を下げていた。膵臓炎の小休止期の、比較的元気な一時期だったろうか。「ちょっと飲もか」と誘われ、四条河原町角の地下の居酒屋風のビアホールで軽く飲み、つぎに四条をすこし下った東側の雑居ビルの二階にある、彼の行きつけらしい飲み屋に河岸を変えた。はしご酒は沢田のむかしからの癖で、彼はそういう店を何軒も知っていた。店に入ると「おねえちゃん、お酒ちょうだい」となれなれしく呼んで注文し、いかにも寛いだ様子だった。彼が自分の本を出したい意向を洩らしたのは、その店のカウンターでではなかったか。わたしは賛成し、ただそのためにはもっと「ＶＩＫＩＮＧ」などに書かねば、とすすめた。以前に四国巡礼をしたときのおもしろい話などあるではないか、と水を向けたりした。しかし具体的な点に触れかかると彼は話を逸らした。書くのがこわいのだなと思った。その気持はよくわかる。書くとの不安はだれにだってある。その不安を書くことでひとつひとつ克服して進むしかないのだ。

何時の間にか彼は全然別の話をしはじめていた。そういう変り身のはやさにもわたしはすでに慣れていた。自分からある話題を提供しておき、相手が乗ってきたり、議論の姿勢を示したりすると、ぱっと話題を変える。そうした精神の機敏さ、あるいは韜晦趣味は自尊心を庇おうとする反射的な動きかもしれなかった。中学時代にラグビー部でスクラム・ハーフというポジションにいたというのがいかにも彼らしい、とわたしたちはよく噂したものだった。

急に元の話にもどって彼が言い捨てるようにつぶやいた。「まあ、おれが死んだら本たのむわ」

すぐ近くのはずの神泉苑には、しかしなかなか行き着けなかった。すでに十五分ほども歩いている。あたりには暮色がひろがり、気温も下って寒さが身にしみた。ふと現実に立ちもどり、わたしは病人の身の上を案じはじめた。

「えらい遠いな」

「いや、もうすぐや」

そう応じる彼の口調も頼りなげである。

「どのへんなんや」

「二条城のそばや」

「いま、どっちに向いて歩いてる」

「北や」

「北いうたら……こっちやろ」

「ちゃう、ちゃう」

わたしの勘では西に向かっている気がするが、方向音痴の自分のことだ。それにこのあたりの地理は沢田の方がくわしいはずではないか。

やがて行手に二条駅が見えてきた。わたしの推測どおり西へ向かって歩いていたのだ。彼はやっと間違いをみとめ、引き返しはじめた。そのときになって、沢田が神泉苑にまだ行ったことがないらしいことに気づいた。結局、二度道をたずねたあげく、目ざす場所にたどり着いたのは病院を出て二十分余りも歩いた後だった。

白地に黒々と「神泉苑」と書かれた角柱が入口に立っていた。まぎれもなく神泉苑だった。奥をのぞくと池のまわりに松などが植わり、庭園らしいたたずまいがうかがえる。夕方の五時にもなってまだ入苑できるのか。時間の制限はないのか。それにしても、よりによってこんな場所に。――そんな心配をあざ笑うように、沢田は疲れも見えぬ足どりでつかつかと入って行く。と、庭園には入って行かず、隣接した料亭風の建物の方へ向かうではないか。あれっ、とよく見ると、そこもまた「神泉苑」なのだ。ああそうか、とそのときになってやっとわたしはおのれのうかつさに気づいたのだった。何が「心境の変化」だ。喫茶店どころか、狙いは最初からこの料理屋だったのだ。

「おい、やめとこうよ。こんなとこ入ってどうするんや」

うろたえるわたしを置き去りにするように、彼はすでにひろい土間のある玄関のしきいをまたぎ、下足番に「ふたり」と告げている。その後姿には一切の制止をはねのける気迫のようなものが感じられた。もうどうでもよい。とっさに覚悟をきめた。最初からこうなるときまっていたような気がした。わたしも後から靴を脱ぎ、座敷へ上った。

五時を過ぎたばかりで他に客はなく、店内は閑散としていた。最初、外観から高級料亭と判断したのはあやまりで、二条城見物の団体客相手の大衆的な店らしいとわかった。広い座敷がいくつも並び、それぞれに五つほどテーブルが置かれてある。テーブルにはガス台が設けられ、鍋料理もできるらしい。

「こんなとこへ来て、どうするつもりや」

観念したはずのわたしの口から、ふたたび同じ文句が出た。座蒲団に丸い腹をかかえてどっかと腰をおろした沢田には、わたしの忠告など聞こえぬ風だった。

「てっちりでも食おか」

「そらあかん！　それだけはやめとけや」

思わず声に力がこもった。こんなに水のたまった腹をしていて、よくもてっちりなんて、からかっているのではないか、それともこれも見栄か。

てっちりだけはなんとか思いとどまらせ、これだって無茶な話に変りはないがと思いつつ刺身の盛合わせとビールを注文した。

「きみは酒にするか」

「いやビールでいい」

本当はこの寒いのにビールどころではないのだが、彼に合わせた。肝硬変末期の病人に付き合ってビールを飲むことの非常識には目をつむることにした。わたしは彼のグラスに泡の出ぬほどに冷えたビールを注いだ。もう仕方がない、いや、これでいいのだという思いが胸に突き上げてきた。

「それじゃ……」

そうつぶやいてわたしはグラスをかかげた。後につづく言葉がなかった。

三月なかばの夕暮れ、暖房もきいていないだだっ広い座敷の片隅で寒さにふるえそうになりながら沢田とすごした一時間ほどのことが、まだ一年も経っていないのに遠いむかしのことのように思える。その日、彼は久しぶりに素直で、寛いでいるように思えた。旧師旧友のことを語るさいの口の悪さは相変らずであったが、以前ほどの辛辣さは感じられなかった。それが物足りなくはあるものの、沢田の存在を久しぶりに身近なものに感じた。疎遠になっていた十数年の時間が掻き消え、よく顔を合わせ文通もしていたころに立ちもどる気がした。わたしが「ＶＩＫＩＮＧ」の同人になることを熱心にすすめ、富士さんにも頼んでくれたのは沢田だった。きみの「乗船」をいちばん喜んでいるのはぼくだ、と葉書をよこしてもくれた。

高槻の病院ですさまじく変貌した彼の顔に息を呑んだ瞬間から、わたしはもう覚悟していたのだった。それから一年あまり生きのびた彼といまこうして場ちがいな料理屋の座敷にすわってさし向かいでビールを飲んでいる、そのふたりの姿をわたしは不思議な光景をながめるように思い描いた。沢田は何を考えているのだろう。わたしと異なる〈彼方の目〉でこの座敷や卓上のビールや肴、そしてわたしをふくめた友人知己をながめているのではなかろうか。常にない柔和さはそこから来ているのではなかろうか。――そんな思いを胸のうちで反芻しながら、グラス一杯のビールを飲み干すのに時間をかけている彼に合わせて、わたしもちびりちびりと味気のないビールをすするように飲んだ。

彼は幼少のころを語った。十七歳で彼を産んだ若い母親のこと。父が女をこしらえて家を出た後、支払いがとどこおってガスや電気を止められた話。これらはすでに彼自身「VIKING」に書いていることだが、直接に聞くのははじめてだった。それから話はまたとんで――こうして話題をつぎつぎ変えるのは、彼のはしご酒の仕方に似ていたが――天王寺中学二年生のとき、海軍兵学校予科を受験したときの思い出話に移った。それは初耳で（いや、わたしが忘れていただけかもしれない）、わたしはおどろいた。同じときにわたしも受験したのだ。海兵の予科の試験は昭和十九年の十二月にいちど行われたきりだから、わたしは江田島の試験場で彼とすれちがっていたかもしれない。全員そろって食事をした広い食堂のなかで一緒だったのは間違いない。大きなアルミの食器に入っていた麦飯と豚汁と。――こんなわたしの思い出話をさえぎって彼はしゃべりつづける。

「身体検査のときエム検があった。検査官の親玉は大佐や。えらそうな顔してなあ。おれのエム見て、毛ぇも生えとらんやつが何しに来よったいう目付で睨みよった」

わたしは彼と声を合わせて笑った。それはわたし自身の体験でもあったからだ。そのえらそうな顔の大佐は、まったく同じ表情でわたしの股間にも視線を走らせたのだった。わたしは沢田も自分も「エムの毛」が生えていないただそれだけの理由で不合格になったような妙な親近感をおぼえ、少年のこころにもどって笑いつづけた。

それでも、時間のことを忘れることはできなかった。沢田の無断外出はおそらくすでに常習化していて、病院側もいちいち咎めはしなくなっているのだろう。それでもやはり限度がある。時間を見た。もう六時だった。わたしはそばの畳のうえに脱いであったコートをふたたびはおった。

「寒いんか。熱燗もらうか」

「いや、いいよ。さ、もう行こやないか。外、真暗やで」

「まだかめへん」

そう言ってしばらく黙りこんでから、彼は言い残した大事なことを打ち明けるような口調でしゃべりはじめた。

「そやけどなあ、高橋も大槻も無茶して早う死んでしもたけど、するだけのことはして往きよったなあ……」

「うん、ふたりとも若かったなあ。高橋が三十九で大槻が四十九……」

そしてきみが五十九、という言葉が続きそうになってわたしはあわてて呑みこんだ。

「肝硬変になると、せいぜいあと三年や」

彼はまた繰り返した。

「せやけど、おれはもっと生きたるでえ。まだ死なへんぞ」

「そうや。もういっぺん元気になって、もうひと暴れして……」

「このまま死んでたまるか。七十まで生きたるで」

「そや。大丈夫や。……さ、もう行こ」

そう言ってわたしは、腰を上げかけた。

「何時や」

「もう六時すぎてるよ」

「そうか。そろそろ行こか。六時に検温に来よるんや」

こともなげにそう言うと、やっと彼も帰り支度にかかった。ジーンズのポケットから小さく折りたたんだ札を取り出すのを制して、勘定はわたしが払った。

「金使わしてすまんな」

つぶやくように言って彼は目を逸らせた。

病院まではすぐだった。来しなにどれほど大まわりをしたかを痛感しながら足を急がせた。気温はさらに下っていた。風邪をひき肺炎にでもなったら大変だ。腹水のことも心配だった。冷静になって考えると、病人のわがままに同調した非常識さにわれながら呆れる。確実に彼の貴重な生命を何時間か何十分か縮めたのだ。その自責の念の下から、よかった、これでよかったのだという諦めとも満足ともつかぬ思いが湧いてきた。わずかな時間ながらこころを通いあわすことができた。こうして友情をしめくくる機会が得られたことを天の恵みとして感謝したい気分だった。いまさら急いでも仕方がない。それでもわたしは彼を急き立てるように足を速めた。

堀川御池の交差点に出た。目の前にM胃腸科病院の建物が、いまは煤けた壁の色を夕闇に隠して窓のあかりのみを見せていた。

道をわたり、病院の前に来た。

「車に乗るか。タクシー拾いやすいのはホテルの前や。そこまで行こか」

「いや、いいよ」

行くと言えば案内してくれそうだった。

「そのへんで拾うから。きみはもう帰ってくれよ。寒いから」

それでも彼は、わたしを車の拾いやすいあたりへ連れて行ってくれた。

「もういいよ、大丈夫や」

「そうか。ほな行くわ。来てくれてありがとう。……待たしてすまなんだな」

「まあ、元気でな。また来るよ。ここなら近いから。何時でも言うてくれよ」

彼はくるりと背を向けると、ふり返りもせずに病院の方へ去って行った。あっさりとした別れだった。おたがい別れるのに苦労した二十代のころをかえりみながら、わたしは彼が病院の小さな入口からなかに消えるのを見守っていた。

彼の言うとおり車はなかなか拾えなかった。わたしはあきらめ、御池通りを東へ歩きはじめた。あと十年は生きてみせる、と言った彼の言葉がよみがえってきた。十年はむりとしても三年、いやそれもむりだろう。だが一年くらいは……。もういちど会えるだろうか。いやもう会えなくてもいい。何年分も会ったような満ち足りた気分が全身にひろがっているのを感じた。ビールが飲めてよかった。無理に止めていたら、きっと後悔しただろう。

いまの満ち足りた懐しい気持のままでいたかった。別れよりも再会の記憶をもちつづけたかった。あいつは何だか今日は特別やさしかったな、と思った。いろいろと気をつかってくれた。あのてっちりだって……。会っている間じゅう、労わられていたのは自分の方だったような気がした。彼の言葉のあれこれを思い返しているうちに涙が出てきた。

そのまましばらく歩いた。車のライトがうるんでいた。まもなく涙はかわき、その冷え上った視野のなかに、夜の光に白く小雪がちらつきはじめるのが見えてきた。


（「VIKING」四七四号・一九九〇年六月）

転々多田道太郎

ケニヨン・レヴュー

はじめて研究室に訪ねて行ったのは一九五二年の秋のころだった。それ以前にも姿を見かけたことはあるが、会ったことはなかった。

訪問の目的は、彼が図書館から借り出しているアメリカの雑誌「ケニヨン・レヴュー」を貸してもらうためだった。そこに載っているブラックマーという評論家の「ボヴァリー夫人論」を卒論の参考までに読んでおきたかったのである。

気鋭の評論家としてすでに名を知られるこの少壮の研究者に会いに出かけるには勇

気を要した。彼はまだ二十代のおわり、私も二十三になったばかりだった。

当時は東一条西北角にあった京大人文科学研究所分館の二階の南端に、彼の研究室はあった。三名の助手共用の相部屋だった。

半ば開かれたままのドアを押して入り、書架で仕切られた狭い空間の入口のところで、おそるおそる名前を告げた。

椅子の背にもたれかかって雑誌を読んでいた額の広い人がこちらを振り向き、「これですね」と雑誌を示しつつ黒ぶちの眼鏡ごしに、ふかく落ち窪んだ眼でじっと私を見た。値ぶみされているような気がした。

「あんたニュークリティシズムに興味あるの。ブラックマーの論文わりとおもしろいですよ。済んだら返しといてね」

それだけのことを彼はよどみなく言った。不思議な気がした。文学をやる人間はみな考え考え、多少口ごもったりしながらしゃべるものと思っていたからである。

彼の声は意外に柔和で、私の緊張をすこしは解いてくれた。そのあと、どんな話をしたか憶えていない。

彼のもとを辞するころには、最初の薄気味のわるさはうすれ、親しみの情がわいていた。

それから何カ月かたって、また会いに行った。私はすでに大学を卒業して大学院に籍をおいていたが生活は苦しく、いくつもの家庭教師をかけもちしながら何とかしのいでいた。

会うなり私は言った。

「何か金もうけの口、ないでしょうか」

すると彼は「こんなのやってみますか」と言って西洋文学事典の話をはじめた。それは当時、福音館書店から出ていた事典シリーズの一冊で、その編纂を桑原武夫の下請けで多田道太郎と友人の黒田憲治がやっているらしかった。いま確かめてみると新書判の小型本で、約四百ページ、定価百七十円となっている。

フランス文学関係の項目をいくつかもらってその場を辞した。あまりに話がうまくいきすぎて、拍子ぬけがした。

何日かたって原稿を持って行った。彼はざっと目を通すと、黙ったまま上着のポケットから封筒をとり出し、札を何枚か抜きとると無造作にさし出した。やっぱり只者ではないと思った。

彼の方もこのときのことがよほどつよく印象に残ったらしく、後年、「ぼくのところにはじめてやって来て、何か金もうけの口ないでしょうかと言うたのは山田稔だけや」と、まるで自慢話でもするように吹聴した。ケニヨン・レヴューのことなどなかったかのように。

Mr. Manyfields

一九五四年一月に私は人文研西洋部の助手に採用され、フランス革命の共同研究に参加することになった。つい半年ほど前、「金もうけの口」を求めて訪れて来たあの学生上りが、と彼はさぞ驚いたことであろう。

それでもこの、学問研究よりも酒を飲んでふざけることの方が好きらしい頼りない新入りが気に入ったようで、なにかと面倒をみてくれた。ふざけるといえば、彼自身大いにその気があった。後に「日本小説を読む会」(「よむ会」)の二次会などでさかんにいちびった。

親しくなってしばらく経ったころ、彼は私につぎのように語った。自分は外国の大学などで講演するときは、こんなふうに自己紹介することにしている。

〈私の祖先は多くの田畑を持っていたようで、姓のタダは many fields を意味します。名のミチタローは way。したがってタダ・ミチタローは、way to many fields となります。その名のとおり、私の関心はさまざまな分野《フィールズ》におよんでおります〉。そう言って笑わせておいてから本題に入る、というのであった。

Mr. Manyfields

たしかに知的好奇心の旺盛な人であった。それは著作目録を見ただけであきらかであろう。専門の文学にはじまり映画、マンガ、遊び、風俗、衣食住、人の仕ぐさ等々、あらゆる文化現象が興味の対象となった。とくに年々新しくなる流行・風俗を得意の分野とした。後日、彼のこころが「よむ会」を離れ現風研（現代風俗研究会）へ移っていったのは自然なことであった。こうした移り気が、生まれつきのものであったかどうかは知らない。

新しい、珍しいモノやコトに出会うと目の色が変り、声がはずんだ。

「それ、オモロイね！」

「それ、なんでやろ！」

ふつうは誰も問題にしないような小さな卑近なものが好奇心を刺激するのだった。

あるとき桑原先生をつかまえて、こう質問するのを私は聞いた。

「先生、爪楊枝に刻み目がついてるでしょ、二つ。あれ、なんでか知ってはりますか」

「知りまへん」

また始まったな、という風に笑いながら先生は應じた。

「あれはね、あそこで二つに折って、箸置きみたいに爪楊枝を置くためのものらしいですよ。まいったなあ」

好奇心の対象はモノやコトにかぎられなかった。新しい才能への関心もまた旺盛だった。異才を発見する勘のよさには独特のものがあった。

発見し、惚れこみ、賞讃する。抱きつき、共生し、吸いとる。そしてまもなく離れる。より新しくより珍しい才能を求めて。

「多田は、美しい花から花へ飛びまわる蝶みたいなやつやな」

桑原先生はこの愛弟子のことを楽しげにこう評した。

マジック

ひとり沈思黙考する人ではなかった。その逆で、ひとりを嫌い、あるいは怖れ、人を求めた。人とまじわり、群がっておしゃべりする、それを大いに楽しんだ。「とかくメダカは群れたがる」（平林たい子）そのどこがわるい、というのである。

娘の謠子さんが幼いころ、「お父ちゃん、カイが好きやなあ」と感心するくらい、会が好きだった。

おしゃべりのなかで相手の発言に刺激され、独自のアイデアが生れる。議論の相手の説をひとまず受けいれ、それをひとひねり、あるいは裏返しすることで自分のものとする。

一例を挙げると、平野謙が広津和郎について「その本質においてユニックなフリー・シンカーでありながら、所詮一個のアイドル・シンカーにとどまっている」とのべているのに同感しながら、それを反転させて、「むしろ逆に、アイドルであったからこそ「ユニックなフリー・シンカー」たりえた」とのべる。* そうしたいわば柔道の返し技こそ多田流弁証術の基本であった。

＊「文学者流の考え方　広津和郎」

このように、彼の頭脳を通過したものの方がもとの話よりもさらに斬新で、「数層面白い」ものと化すのである。その換骨奪胎のみごとさ、多田マジックに聞く者はあっけにとられ、感心しつつも同時に、首をかしげたくなることもあった。

「マジック」の根にあるのは、彼一流のレトリックである。「レトリックにすぎない」と言われることに彼は反撥した。レトリックこそ文芸の生命なのだから。花田清輝は彼のよきライバルだったにちがいない。

〈腐ってゆく寸前〉

私が人文研の助手になると、早速彼は私を「日本映画を見る会」に誘ってくれた。これは多田のほか桑原武夫、河野健二、樋口謹一、松尾尊兊、加藤秀俊ら人文研の所員のほかに外部から医師の松田道雄のような人も加わり、最近の日本映画を見て自由に感想をのべあう会であった。

その後何年かして、いつのまにか「会好き」になっていた私は多田と二人で「日本小説を読む会」を発足させ、事務局を担当した。その間、研究所の研究会で何度か報告し、また紀要に論文も書いた。

こうしていわば長い試用期間がおわったと思われるころ、ある日彼はいつになく真面目な顔で言った。

「山田君、あんたはニンシキリョクは弱いが文章はうまい」

ニンシキリョク？　一瞬戸惑って彼の顔を見た。

「文章でもむつかしい深刻なのとちごうて、軽いふざけたようなのがええね。のんしゃらんとか、ウンコの話みたいな」

「のんしゃらん」というのは、「よむ会」の会報に私が書いていた匿名の戯文のこと、「ウンコの話」は「VIKING」に連載していたスカトロジーについてのエッセイだった。

「むつかしいもの、重いものよりも軽いように見えるものの方が思想的に深いんやで」

彼は慰め励ますように、そう付け加えた。

それから数年後に私は京大の教養部に移り、フランスに一年あまり留学した。その滞在中、「VIKING」に「フランス・メモ」という通しの題でエッセイとも小説ともつかぬ文章を連載した。それが『幸福へのパスポート』という本になって出版されると、彼は書評を書いてくれた。そのなかにつぎのようにあった。

「筆者が小さなメモを、他人への訴えではなく書きつづけていくうちに、それはしだいに「小説」らしい形をとってゆく。その経過がこの小説集によくあらわれている。しかし、「小説」となって腐ってゆく寸前の「ローマ日記」に、とうてい小説とはなりえない現代の魅力を私は感じた」(「展望」一九六九年四月号)

「「小説」となって腐ってゆく寸前」、この表現に私はひどく感心した。突如、自分のうちに何かが目ざめたような気がした。

それから二年ほどして、エッソ・スタンダード石油のPR誌「ENERGY」が「日本人の海外紀行」という特集を組んだ。その監修者のひとりが多田道太郎で、私に何か書くよう言ってきた。

引受けはしたものの、何を書けばよいかわからず苦しんだ。締切ぎりぎりになって、ふと以前の忠告を思い出した。むつかしいこと、深刻なことを書こうとするな。とたんに肩の力がぬけ、気が楽になった。そうだ、「のんしゃらん」調でいこう。

私はパリ留学中にひどい便秘に悩まされたあげく、薬局に便秘の薬を買いに出かける苦心談を一気に書上げ、「ヴォワ・アナール」と題してボツを覚悟で編集人の高田宏に送った。

その号が出てから数日経って多田に会った。顔を見るなり彼は息をはずませて言った。

「山田君、あれ、よかったよ！ ヴォワ・アナール、あれケッサクや。まいった」

そう言ってから、感心したという箇所を二、三挙げてみせた。

後にも先にも、彼からこれほど褒められたことはない。

「小説となって腐ってゆく寸前」――その「寸前」のとらえ方が問題なのだった。

理　窟

一九七五年の春、桑原教授を団長とするシルクロードの旅に多田道太郎とともに私も参加した。タシュケント、サマルカンド、ブハラ、ドゥシャンベ、フルンゼといった旧ソ連領内の町々を訪ねた。

　ブハラの宿で多田と相部屋になった。

　翌朝、彼は目ざめとともにベッドを出て、洗面も着替えもせず、ステテコのまま、テーブルのうえに散らばる前夜の食べ残しのさきイカを、さもうまそうにむしゃむしゃと食べはじめた。

　その異常な食欲におどろきつつ私はたずねた。

「歯、磨かないんですか」

　すると彼は真面目な顔で私を見て、逆にこう質問した。

「魚に虫歯がないの、なんでか知ってる？」

「さあ……」

「魚はいつも海水で口のなかを洗うてるからや。ぼくも塩水で口をゆすぐだけ」

　そう言うと、またさきイカを口に運びはじめた。

　しかしその後、彼が塩水でうがいをするところは見なかった。

　そのときは、私をからかうための冗談にすぎないと思っていた。

　ところが彼は同じ理窟を『ものぐさ太郎の空想力』のなかで、さらには「第二老の坂」でものべた。「第二」とあるのは、その前に「老の坂」を書いていたからである。

「第二老の坂」にはまた、つぎのような三段論法がくりひろげられていた。

最近、昼間からやたらとねむくなる。年をとると居眠りがふえるのはなぜか。血のめぐりがわるくなるからである。それを防ぐにはどうすればよいか。回遊魚を食べればよい。

「回遊魚は名のとおりぐるぐる海を泳ぎまわっている。その血はいつも淀むことがない。したがって、その魚をたべれば、血もとどこおることがないのである」

思い出

「新潮」（一九九五年七月号）に私の短篇小説「リサ伯母さん」が載ると、彼から葉書で感想がよせられた。初めてのことだった。黒のボールペンの直筆で、これもまためずらしいことだった。というのは日ごろ筆不精な彼は、短い原稿や葉書などは秘書に口述筆記させていたからである。

「『リサ伯母さん』よかった。身につまされ拝読」

葉書はそう始まっていた。

「身につまされ」で、はっとなった。

小説の主人公は七十代の元大学教授、女子大でフランス語を教えていた。一人息子に先立たれ、いまは妻と二人暮し。夫婦ともにボケかかっているが、夫の方はまだボードレールの詩を暗誦できるのを自慢している。——以上のような設定である。

主人公の年齢、経歴、ボードレール、子供の死。多田夫妻をモデルにしたととられてもおかしくない要素がいくつもある。しかし自分ではまったく意識していなかったのである。だが私には以前に『旅のなかの旅』で、この夫妻をモデルに用いた「前科」があった。

葉書にはまた、つぎのようにも書かれていた。

「パリの道ばたでおにぎりを食べたことを思い出しました」

作中、怪我で入院中の妻が、むかし親子三人でパリの公園のベンチでおにぎりを食べた思い出（妄想）を語るくだりがある。そこを読んで彼は思い出したのだった。

私がパリ留学中の一九六七年の夏、桑原教授を団長とするヨーロッパ農村意識調査団がパリにやって来た。人文研のメンバーが主で、多田もその一員だった。

フランスに来て彼は何よりも食べ物に悩まされた。文化としての「食」について論ずることのたくみなこの風俗学者も、個人生活では食べることには関心がうすかった。好き嫌いがひどく、ことに洋食は苦手だった。だが残念なことに当時のパリにはまだ、彼の好物のきつねうどんや冷やっこを供する大衆的な日本食堂はみつからず、またインスタント食品の種類もかぎられていたのである。

尾羽打ち枯らした彼の姿を見るに見かねた私は、ある日、自炊していた下宿の鍋で米を炊いて握り、とっておきの海苔で巻いた。彼の好物の卵焼を甘くこしらえた。そしてそれをショルダーバッグに詰めてホテルに彼を訪ね、外へ連れ出した。

晴れた気持のいい一日だった。私たちはトロカデロ広場へ行き、エッフェル塔を真正面にながめるベンチに腰をかけ弁当を食べた。

彼は黙々とにぎり飯を頬ばり、卵焼を指でつまんだ。

一息ついたころ、やさしい声で言った。

「あんた料理わりと上手やね」

しばらくは二人とも何も言わず、エッフェル塔に向かって口を動かしつづけた。

北京の春

一九八一年三月はじめから二カ月間、多田道太郎はユネスコから派遣されて北京外国語学院で日本文化論の講義をおこなった。

北京の春は短く、ひどく乾いていていて一度も雨が降らなかった。彼はたちの悪い風邪にかかり、宿舎の病院へ行った。三度行って三度とも、ちがう医者（女医）だった。そのひとりが彼にキンタマを見せるよう命じた。耳を疑った彼は通訳に念をおさせた。間違いなかった。

止むなくズボンを脱ぎ、「モンダイの個所の上半分は左手でおおい、下半分のタマのみを右手でつまみながら」女医に示した。彼女はそれを握ったりはなしたりしながら、痛いかとたずね、痛くないと答えると、おかしいなと呟きつつ「表皮をのばしたりちぢめたり」した。オタフクカゼを疑っているのだった。

帰国して、人文研の所員会でこの話をすると全員（とくに女性）の哄笑を買い、ついに所報の帰朝報告にその話を書かされるはめになった。

「よむ会」の二次会でしゃべると、これまた大好評で、山田からぜひそれを会報に書くよう頼まれ、「北京の春」の題で四回にもわたって連載した（ただし四回目の題は「潤色のない話*」）。

まだあった。ある経済学者との対談のなかでこの話をすると、大いに喜ばれた。その後、こんどは綜合雑誌の編集者からしつこく頼まれ、これも断りきれなかった。

しゃべったり書いたりしたことで、これほど好評だったのは稀だと考えた彼は、「人間の、男の、あるいは日本人のキンタマに対して抱くなみなみならぬ好奇心」に気づかされた。

しかしよくよく考えてみると、これはその種の好奇心ではなく、「むつかしい顔をした小生が下半身ハダカとなるの図」、それとも「白衣をまとった美しい異国の女医が白魚のごとき指でもって、紫蘇色の陽玉の皺をのばす、その光景に感じいっているのであろうか」。

こうして彼の好奇心の対象はさらにひろがっていくのだった。

＊「北京の春」は後に「旅に病む」と改題。

転々

私小説が好きだった。

ことに太宰治。

三高生のとき太宰にいかれ、彼と同じ東大仏文科に進んだ。十七、八歳のころ『晩年』のなかの「葉」に感動したあげく、「太宰治に与える手紙」というのを書いたという。後年になっても、「ぼくがいちばん好きな作家は太宰治」と言っていた。

太宰の影響は多田の文章にも残っている。

二〇〇〇年六月から翌年八月にかけて、「群像」に「転々私小説論」を四回にわたって発表した。第一回「葛西善蔵の妄想」(六月号)、以下「諧謔の宇野浩二」(十一月号)、「飄逸の井伏鱒二」(四月号)、そして最後に「飄飄太宰治」(八月号)。

それぞれ四百字詰原稿用紙に直せば七、八十枚、「力作評論」と言ってよいだろう。

彼がまとまった文学評論を発表するのは、大ざっぱにいえば一九六一年の「文学者流の考え方　広津和郎」以来、約四十年ぶりのことであった。

病気をおしてのこの最後の熱演によって、多田道太郎は「文学」に回帰した。「転々私小説論」*は彼の晩年における最高傑作でありいわば遺言でもある。

＊二〇一二年に講談社文芸文庫の一冊として刊行された。

私小説のどこが好きか。詩だからである。

私小説は詩小説、すなわち散文詩なのだ。

以前にボードレールの「悪の花」註釈の共同研究をおこない、最近は散文詩Spleen de Parisを「パリの鬱々」と題して翻訳していた（「現代詩手帖」）。また一方では小沢信男ら東京の詩人グループに加わり、俳句に熱をあげていた。

「短歌、詩で言えないことを、散文で書くという意味では、葛西はボードレールと呼応していて、当時の日本文壇にあって前衛的ともいえる散文詩的な感覚を捉えていた」（「葛西善蔵の妄想」）

宇野浩二、井伏鱒二の文章も同じく散文詩である。

太宰治は俳句。「葉」の文体を「連句のような散文詩的な書き方」と評した久保喬の言葉に感心しつつこれを例によってひとひねりして、多田はこう自説をくりひろげる。太宰の文体は「発句」と「付け」の関係、ひとり連句であって、その「連句風作文」が太宰の私小説（詩小説）なのだと。

ボードレールと俳諧によってさらに磨かれた多田の詩的感性が、「詩」としての私小説を発見させたのである。

前に私は「転々私小説論」のことをつい「力作評論」と書いた。しかし、これには力がこもっていないどころか脱けている。また「評論」というより「語り」に近い。最初から最後まで「です、ます」調で通している。その間にたとえば「……御存知でしたか」と聴衆に語りかけたりする。つい、これは講演の録音テープをおこしたものと考えたくなる。だがそうではなかった。聴衆は編集者ひとりだけ。つまり録音機を用いての口述筆記だったのである。

いくつもの引用を重ね、あちこち寄り道しつつ文字どおり転々、そして結論めいたものもなく、抜けるようにすっと終る。読むよりも聴く方がこころよいような。――まさに多田道太郎の真骨頂である。

彼が注目する太宰の語り口のたくみさ、「語りを文字化してみせる芸」、それは彼自身のものでもあった。

談話の、語りの名手だった。独自のレトリックをあやつり（マジック）、整然と、書くように語り、語るように書く。若いころより、口述筆記を得意としていた。

「転々私小説論」の「転々」は宇野浩二の小説の題からの借用である。

「「転々」とはおもしろい題ですね。宇野の人生と文芸を象徴するような題です」

ここでも多田はおのれを語っている。

道草

野から野へ、花から花へと蜜を求めて飛びまわったタダアゲハが、最後に翅を休めたのが詩（私小説）、そして俳句であった。結局、文学にもどって来たのである。独自の発想のひらめき、語感のするどさ、表現のたくみさ、これらは彼の資質が詩人であることを早くから示していた。したがって俳句にむかったのは意外ではなかった。

「自分の発想の本質は俳句にある」と晩年、みずから認めている。

山本健吉の後を継いで一九八八年六月から二〇〇六年六月まで十八年間も、「週刊新潮」の「新句歌歳時記」で古今の短歌や俳句に独自の解釈を加え、その成果を『おひるね歳時記』という本にした。その間みずからも句作をはじめた。本気だった。道草と号し、これを「どうそう」でなく「みちくさ」と読ませたがった。子供のころから道草をくうのが好きだったからと。Mr. Manyfieldsとは「道草をくう人」の謂であった。

小沢信男を中心に辻征夫、井川博年ら東京の詩人の集う「余白句会」に投稿し、「初心たちまち老獪と化するお手並み」と師の小沢を驚嘆させた。

馬肉《さくら》鍋いずこの緑野走り来し　　道草

これより晩年まで、多田と「余白句会」の蜜月時代がつづく。彼は東京の新しい仲間をはるばる宇治の自宅に招き、句会を開くまでした。

二〇〇二年末に小沢信男の解説付で文庫判の『多田道太郎句集』（芸林書房）が出た。俳句のほか知恵子夫人の随筆、辻征夫のエッセイなどを収めた句集としては異例のものので、「多田家の茶の間へ招かれたような（……）気がおけないにぎやかさ」（小沢信男）であった。

多田は週刊誌での連載を通して大阪の市井に棲む老俳人小寺勇を知り、その型やぶりな作風の影響をうけた。小寺の句はたとえば、

ショート・パンツがようてステテコはなんでやねん

その死にさいし彼はつぎの句を詠んだ。

小寺勇師、訃報に

もうあかん言うたら仕舞いああしんど　道草

贈られた『多田道太郎句集』への礼状のなかで、私はとくに気に入ったものとしてつぎの句を挙げた。

誇るべき一点もなきわが裸

鶯

二〇〇四年六月下旬のある日の午後、ＮＨＫ教育テレビの「こころの時代」という番組で、何年かぶりで多田道太郎の顔を見、声を聞いた。寝たきりになって以来、私は見舞うのを遠慮していた。

噂に聞いていたほどの衰えは感じられなかった。こういう番組への出演を承諾するくらいの気力は、まだ残っているらしかった。しかし声に力がなく、聞きとりにくい箇所がいくつもあった。

インタヴュアーにむかって彼は「ものぐさの思想」を語った。何もかもアホくさいと、相手を困らせるようなことを繰り返した。

放映後まもなく、宇治市に住むＳのところに多田夫人から電話がかかってきて、山田さんと二人で家に来てほしいと主人が言っている旨伝えた。Ｓは家が比較的近いこともあって、年に一、二度見舞いに行っていた。

二日後の午後、京都駅でＳと落ち合い、ＪＲの六地蔵駅で下車、タクシーで多田家に向かった。

テーブルのうえに本や雑誌のほか、さまざまな日用品が散乱する薄暗い茶の間の、皮張りの大きな肱掛椅子にすっぽりはまりこむような形で彼はいた。

挨拶をしても反応がなかった。私たちを呼んだことも忘れているように見えた。何よりも、顔の表情がとぼしかった。その感情の消えた顔に戸惑いつつ、まずは先日のテレビの感想をのべた。しかし興味なげな様子に言葉がつづかなかった。アホくさと言われているような気がした。

近況をたずねると、これには応えてくれた。医者に言わせると、骨粗鬆症以外にはどこもわるいところはないそうな。転ぶとすぐ骨が折れる危険性がある。いまも肋骨にひびが入ったままだ。それで寝たきりになっている。毎日、本を読んだりテレビを見たり、居眠りしたり。——それだけのことを抑揚のとぼしい声でぽつりぽつり語った。語りおえると黙りこみ、眼をとじた。

そのままの状態がしばらくつづいた。

静寂のなかに、かすかに音楽が聞こえていた。ラジオのＦＭ放送のようだった。

硝子戸の外の庭は緑につつまれ、ときどき鶯のさえずりが聞こえた。

「ロクジゾーて鳴いている」

眼を閉じたまま不意に彼が言った。私たちが返事をせずにいると、そこに居るのを確かめるように薄目をあけてこちらを向き、

「ロクジゾーて聞こえるやろ」

と念をおした。

夫人が、とどいたばかりの郵便物を手にして入って来た。ざっと仕分けをしながら、「こんなの来てるよ」と言って一通の葉書を多田に手渡した。彼はさっと目を通してから「これ、おかしいのちがうか」とつぶやいて私にまわした。葉書というよりも、薄茶のぺらぺらの紙を葉書大に切ってこしらえたもので、十円切手が五枚、縦一列にべたべたと張ってあった。見舞状のようだが、ふざけた内容で、ところどころ不可解な文句があり、たしかにおかしかった。差出人は、多田と親交のある有名な評論家だった。

「こんなのもあるよ」さらに夫人はそう言って、またべつの一通を私に差し出した。見ると、先日のテレビの感想を書き送った私自身の葉書だった。「アホくさ」で押し通したのは立派だった、といったことがしたためてあった。自分の出した葉書を受取

人の家で、配達と同時に本人の目の前で読まされる。これはそうざらにあることではないだろう。

話がとぎれ、次第に居心地がわるくなってきた。辞去しようとすると、彼は夫人に葡萄酒を持って来させた。フランスの赤の高級品だった。Sが栓をあけ、グラスに注ぎ分けた。

「おいしいですね」

しかし彼はわずかに口をつけただけで、何とも言わなかった。

夫人が出て行くと、またしばらく沈黙がおとずれた。眼を閉じている彼は昼寝でもしているように見えた。

鶯がまた一声、二声鳴いた。

Sに目で合図して、暇を乞おうとした。

そのとき、何かつぶやくのが聞こえた。小用に立つらしかった。夫人を呼びもせず(その声が出ないのだ)、そばに置いてある杖を手に取り、そのたすけを借りて、沈みこんでいた深い肱掛椅子のなかから、そろそろと全身を持ち上げた。壊れ物でも扱うように。実際壊れ物だったのだ。

立上ると一息ついてから、杖を突き突き小刻みに歩を運びはじめた。もう慣れているように見えた。へたに手を貸したりすればかえってバランスを崩し転倒する、そんなふうに思え、ただ息を凝らして見守るしかなかった。

髪毛がとぼしくなっていちだんと大きさの目立つ頭部と細く脆い体が、あやうくバランスをとりながら移動して行った。すこし進んでは止まり、息をつぎ、また動きだす。もはや誰の助けも求めまいと心に決めたかのようにこちらには目もくれず、ひたすら前方をながめながら懸命の緩慢な歩みを彼はつづけた。

（『マビヨン通りの店』編集工房ノア・二〇一〇年十月）

山田　稔（やまだ・みのる）
一九三〇年北九州市門司に生れる。京都大学でフランス語を教え、一九九四年に退官。
主要著書
『スカトロジア』（三洋文化新人賞）
『コーマルタン界隈』（芸術選奨文部大臣賞）
『ああ、そうかね』（日本エッセイスト・クラブ賞）
『北園町九十三番地　天野忠さんのこと』
『八十二歳のガールフレンド』
『マビヨン通りの店』
『富士さんとわたし　手紙を読む』
『山田　稔自選集Ⅰ』など。
翻訳書として、
ロジェ・グルニエ『フラゴナールの婚約者』（日仏翻訳文学賞）、同『チェホフの感じ』、アルフォンス・アレー『悪戯の愉しみ』、『フランス短篇傑作選』、シャルル＝ルイ・フィリップ『小さな町で』、エミール・ゾラ『ナナ』など。

山田　稔自選集　Ⅱ
二〇二〇年一月十五日発行
著　者　山田　稔
発行者　涸沢純平
発行所　株式会社編集工房ノア
〒五三一―〇〇七一
大阪市北区中津三―一七―五
電話〇六（六三七三）三六四一
FAX〇六（六三七三）三六四二
振替〇〇九四〇―七―三〇六四五七
組版　株式会社四国写研
印刷製本　亜細亜印刷株式会社

ISBN978-4-89271-316-3

山田　稔自選集　全三集　Ⅲ　二〇二〇年七月発行予定